KB192641

성연시인선 22

엄마 꽃 닮은 입술이 붉다

이재란 시집

도서출판 성연

| 시인의 말 |

어느 날 보슬비가 내리는 모습이 감명 깊었다. 빗소리가 들릴 듯 말 듯 한 보슬비가 내 시야에 하얗게 말라만 가는 가슴을 촉촉하게 적셔주는 은구슬 이슬처럼 굴러들어왔기 때문이다. 투명한 작은 씨앗처럼 퍼지는 빗방울이 세상에 태어나 내가 걸어왔던 길처럼 보였다. 그 쉽지는 않은 길을 걸어오면서부터 시를 사랑하고 시를 짓기 시작했던 것 같다. 때로는 가슴 벅차고 때로는 슬플 때도 있었고 어렵게 살아온 흔적을 거울삼아 마주한 그림책을 펼쳐놓고 눈으로 한 땀 한 땀 써 내려가는 흔적들 사과 한입 깨부수는 느낌처럼 가슴에 와닿았다. 해가 뜨는 고갯길 같은 인연으로 다가온 문학이 그저 좋아했던 그때 무엇인가 되고 싶은 이유로 여기까지 온 듯하다. 운명처럼 다가온 문학과의 인연을 외면할 수는 없었다. 꿈은 꾸는 대로 이루어진다고 했었지. 어릴 때부터 꿈꾸었던 문학소녀 운명처럼 꿈은 이루어졌다. 그동안 모아 둔 자식 같은 시를 늦은 나이에 내놓았다. 노을빛 같은 나이 선 지금이라도 묵혀 놓은 시가 다시 빛났으면 좋겠다.

2024 9.10 초가을
시향 이재란

나는 문학평론가들이나 엘리트 문인들이 즐겨 사용하는 문학적 전문 용어들을 사용하지 않으려 나름 노력했다. 그러나 부득이 두 가지 용어를 사용했는데. 그것은 리얼리즘과 초현실주의라는 용어이다. 하지만 리얼리즘은 해설을 전개할 당시 이미 용어에 대한 설명을 올렸고 초현실주의 내용도 아주 이해하기 쉽게 나열했다. 정작 궁금하시다면 살바도르달리의 작품 세계와 이상 시인의 오감도만 인터넷으로 검색해 보면 그 해답을 쉽게 얻을 수 있을 것이다.

나는 이재란 시인의 시 해설을 준비하면서 늦은 나이임에도 시를 촘촘히 준비하신 모습을 보고 박수를 보내드리고 싶었다. 유명한 문인이 쓴 시라 하여 다 수작도 아닐 것이다. 시인이 시집을 발간하기 위해서 아주 기본적인 요소들이 필요한데 그것은 시 해설이나 표사 같은 부분들이다. 옛날 같으면 일반 문인이 시 해설을 쓴다는 것은 상상도 할 수 없는 일이다. 하지만 시와 늪 문인협회 배성근 회장님이 그런 시대적 과제들을 뛰어넘기 위해 큰 노력을 기울이고 있고 저 역시 그 점을 높이 평가하며 뒤따르고 있다.

요즘은 등단도 화려한 부활일 수 없고 문학 입문서 같은 느낌이 들기도 한 때이기도 하다. 모든 부분 변해가는 문학 현실 앞에서 고정관념을 깰 필요성도 느낀다.

이 나라에는 글 잘 쓰는 문인들이 차고 넘친다. 그렇다고 우리가 엘리트 문인들만 쫄쫄 따라다닌다면 우리는 언제 발전할 것이며 한국 문학은 누가 발전시킬까? 나는 시와 늪 회원이라는 사실에 대단한 자부심을 느끼고 있다. 나는 시와 늪이 한국 문학사에 길이 남을 문학단체라는 사실에 의문이 없다. 이제 시대는 변화되고 자연과 함께하는 시와 늪이 새로운 문학 역사를 쓰고 있다. 시와 늪 회원의 한 사람으로서 자부심을 느끼며 첫 시집을 발간한 이재란 시인님께 큰 박수 보내드린다.

시와늪경북지역본부장 이재한 시인 시해설중에

목차

3부. 앞마당에 핀 갈 바람

4부. 사랑의 꿀맛

5부. 마당 깊은 집

6부. 가을이 오기전에

7부. 겨울에 핀 동백

8부. 이재란 시집 시 해설

| 1부 |

첫날

길을 가다가

길 가던 나그넷길 멈추었다
홀홀 털어버린 향기
밤늦도록 지치지 않고 웃는다
속살 살짝 드러낸 채
이름도 성도 모르는 그대 곁에서
무작정 내 발목을 잡는다
길 가던 나그넷길을 멈추었다
꽃말이 너무 고와서 빙그레 웃으며
가시덩굴 속 파고들면서 붉은빛 전한다
한 잎 한 잎
펼쳐놓은 그대의 열정이
선홍빛 굳게 다문 어깨 넘어
가벼운 미소 길게 늘어뜨린 것
그대는 알고 있겠지? 수많은 추억 떠올리며

입춘2

봄 온다는 소식
먼 산 잔설 뒷걸음질하며 수군거린
계곡 길 쫓는 겨울 산
묵직한 발길로
한걸음 한걸음 내 딛는 입춘이었다
옥수동 솔가지
겨우내 눈보라 부대끼며
봄 오는 길목에 마중 나왔다
너를 기다릴 수밖에 없었던 이 순간
눈앞에 아롱거려 실바람으로 지나간다
먼동 앞에 놀리는 아지랑이
봄날 부끄럽지 않은 햇살 속으로
습관처럼 모여든 들고양이
밤낮 가리지 않고 먼 길 달려온 봄볕
졸랑졸랑 따라가는 작은 거인
곁눈질하며 걸어가는 꽁무니가 멋졌다.

기약 없는 하루

모처럼 눈이 내린다.
안개꽃처럼 훨훨 날아서
내 마음 설레게 해
철없는 아이도 두 팔 벌려
힘껏 뛰어 눈꽃 잡으려 한다

창가에 부딪히는 햇살
몽땅 쓸어
온 세상 웃음꽃으로 피어
내 가슴을 뭉클 게 하여
뜨거웠다

동화 속에 그림자처럼
꿈속에서 헤매며
추억 속으로 사라져
안개처럼 밀려오는 눈꽃도
낮달에 견디지 못한 채
자취 감추어버린

겨울 나그네였다

첫날

2월의 첫날부터
햇살이 제법 포근하구나

엄마 품속같이
헐벗은 가지에 누각처럼 붙은
새싹이 봄을 부르고 있다

옆집 목련 아씨
봄소식에 연지 찍고 곤지 찍고

꽃가마 타고 갈 행랑에
누구보다 먼저 서두르는 것 같아
옆집 산수유 갈 길이 바쁘다

겨우내 움츠렸던 철새들도
한결 가벼운 듯
두 날개 활짝 펴고
아지랑이 덩굴 걷어차고

누구보다 먼저 달려온 허공이 눈 부셨다
허공이 눈 부셨다.

경주 나들이

오랜만에 딸 가족과 먼저 상봉했다
아들 며느리 덕에
더운 날도 아랑곳없이
지유 시우랑 눈 마주친 순간
옛 추억이 맴돌아 눈시울이 붉어졌다

간단한 점심 먹고
약속한 장소 서둘러
물어물어 서울 김 서방 찾던 숙소 도착
기다리고 기렸던 아들 며느리 아이들 앞세워
쫄 만 쫄 만 따라온 지효 승민이 신이 났다

가져온 가방을 풀고 돌아서니
땅거미 떨어졌다
꿈에 그리던 안압지 도착하니
잔칫집처럼 사람들이 모여
마치 경기장에 구경꾼처럼 우리도 한몫했다

역시 소문난 안압지 밤은 아름답구나
네온 불빛 눈부시도록
동궁과 월지 신라 왕궁의 별궁
천마총 이어서 노 서리 고분이 자리 잡은
경주 황리단길 서성이는 햇살
칠팔월처럼 뜨거웠다.

두 번째 샛강

두 번째 느낀 샛강
많은 생각이 오고 간다.
진흙탕에 잠긴 연잎 한 송이 꽃 피우기 위해
젖 먹은 힘까지 다하는 것 같았다

유월의 햇살 아래
점점 짙어가는 아지랑이 덩굴이 넘어
구슬땀 흘리며 걸어가는 청춘들
강나루 휘감아 어깨 나란히 걸어간다

이름 모른 보랏빛 여신들이
허리춤에 매달려 소곤소곤 되며
초여름 햇살 뜨겁게 달구어
가루차 바나나 라테가 생각나 무인카페 들어갔다

아메리카노 한잔에 쉬어가세
꼬마 수련의 첫사랑
내 마음속까지 훔쳐 가는 것 같아

두려움이 앞서 난 가던 길도 멈추었다

참 오랜만에 느껴본 추억
산 오르내리는 향기 따라
금오산 오르다 취한 노년의 꿈
느끼고 싶었다
내 마음에 봄날 되기까지

청암

길상사 가는 길

새벽부터 비가
간간이 떨어진 서울의 거리
안개꽃이 발길에 채는구나!
빌딩 숲
가물가물 보일 듯 말 듯 한
고가 도는 여전히 삼각 길이 얽혔다.

중랑천 달려 왕십리 길 따라
언덕길 오리랑 내기랑
골목길 한참 지나 강북도 부촌
간판이 어렴풋이 눈에 띄었다

늘 마음속에 그리던 길상사
오르막길 작은 표지판 한눈에 스쳐
몇 정거장 지나 일주문이 보여
나도 모르게 마음 설레며 뭉클했다

법정 스님 저만치서 걸어오는 것처럼

대원각이었던 대웅전 풍경소리가
북악산 산기슭 가득 채운
구름 그치고 빗방울도 멈추는 듯

맹수 얼굴처럼 희멀겋게 바라본 허공이
이렇게 아름다울 수가 있을까
찻잔에 향 내음처럼

성남

두 번째 만남

무지갯빛 곱던 오후
친구랑 커피 한잔하고 싶었다
달콤한 쓴맛
긴 목덜미 타고 지구 한 바퀴에
꿈에 부푼 발자취 추억으로 돌렸다

휘경처럼 지나가는 세월도
그 누구도 잡을 수 없는 기루에서
흔들지 않은 꽃은 없었다
밤새 바람으로 햇살 품은 이슬방울
해맑은 미소 바람으로 따뜻하게 전했다

코끝으로 지나가는 향기
영산홍 꽃보다 달콤하게 눈부신
찬란한 아침을 맞이하면서
까치 한 마리가
창가에 앉아 무엇이라 말하는 듯했다

난 순간 멍하게 바라보며
보잘것없는 날 반기는구나
고맙다는 말을 무엇으로 화답 해줄까
생각 끝에 시 한 줄 읊어 볼까?
웃으며 헤어지는 아침이 상쾌했다.

오고 갈 때 주는 기쁨

오래 간직하고 싶은 기억들
연둣빛 울타리로 엮어 놓은 봄날
양손으로 가득 담은 채
앞뜰에다 고스란히 옮겨 놓았다

어디선가 실바람이 불어 닥쳐
들 고양이 잠을 설쳤나 봐
밤새 날카로운 시선 피할 길 없었다

파란만장하게 신세타령하며
밤낮 가리지 않고
높이뛰기 구보까지 하면서
보석 같은 한 끼에 목숨 걸고
고래 춤으로 이리 뛰고 저리 뛰는 꽁지

눈 마주칠 때마다 마음이 아팠어
반갑고 기쁘고
눈에 넣어도 아프지 않은 내 사랑아

혹여나 떠나더라도
날 오래오래 기억하며 살아가세

이른 봄1

마음은 벌써 봄이로다
며칠 사이에 코끝으로 스미는 향기
머리끝에서 발끝까지 봄 향기가 물씬 풍겨
여전히 서풍은 짓궂게 흔들어 살갗이 쉬려나 보다

새싹이 터질 듯 말 듯 한
맑아진 하늘 봄이라고 외치고 있네
철없는 아이처럼
이 골목 저 골목 돌아서
꽃망울 맺힐 때까지 앞가슴 풀어 헤치며

핑크빛 닮은 입술에다
봄볕이 와르르 무너지며
입맞춤으로 등 돌린다.
햇살이 눈부셔
참다못해 그녀를 끌어안고 눈시울 붉혔다.
아무런 이유도 없이 그녀만 바라보며

이른 봄 2

산에는 아지랑이 꽃잎이
길게 늘어지며 둥근 채 잔가지에 걸려
오도 가도 못해 성급히 달려온 119
가만히 있어라 있어요
아저씨 눈 뒤뚱거리며 소리쳤다

겨우내 움츠렸던 마음도 모르고
한참 머물다 민들레
발로 툭툭 치며 말없이 사라졌다

춘삼월 순 매화 향기
손때 묻지 않은 무기력으로
향기만 닿아도 낯설지 않은 꽃망울
빙그레 웃고 있다. 또 하나의 생동감에
빈 가슴 휘휘 저어 날갯짓 한 듯
철새도 허공을 날아 전깃줄에 앉아
낮달처럼 우르르 모여들었다.

이른 봄3

마음은 벌써 봄이었다
며칠이 지나도 시샘하듯
서풍은 여전히 짓궂은 당신 앞에
앵두 같은 입꼬리가 날개를 단 듯하였다

서풍아. 너는 어디까지 왔니
난 벌써 설레고 있어
새싹이 터질 듯 말 듯 한
맑아진 하늘은 봄이라고 외치고 있어

무기력한 바람은
이 골목 저 골목 구비 돌아
꽃망울 맺힐 때까지 불어다오
너만 생각하면 끝없는 웃음이 난다

늘 내 곁에서 머물고 있다는
이유 하나만으로도 난
설레고 꿈같은 나날이 이어지며

하루하루 즐겁고 삶에 보람을 느끼고 있다.

봄바람 가는 길

춘삼월 가는 길에다
봄비가 먹구름처럼 흔들려
내 등 두드린 흔적이 고스란히 보였다

지나는 꽃구름 사이로
보일 듯 말 듯 아지랑이 뒹굴
가지산에 걸려 오가도 못해
잡으려 했지만 어디론가 사라졌다

내 마음은 두 팔 걷어차고
온 힘 다하고 싶었지만 돌아서는
그녀의 마음을 알겠어
봄바람 가는 길에 불청객이 나타났어

꽃비도 봄날도 놀란 심정에
다리 밑에 숨기고 싶었지만
그냥 빈 하늘만 쳐다보며 제자리서

발 동동 구르며 구시렁구시렁 거렸다.

홀로 피다

어둠을 뚫고 밤 열차에 몸 실었다
고요한 적막 달리는 열차
목적지 향해 숨 가쁘게 달려
설레기도 무섭기도 하였지만
가슴 두세 번 꾹꾹 누르며 참았다

꿈을 위했어! 한순간도 헛되지 않은
밤 열차는 대전 도착 천안 출발
창가에 비치는 밤하늘
무수히 쏟아진 은하수
이구동성으로 반짝이며 속삭였다

어느덧 수서역에 도착
아직 잔설이 남아 있는 듯 바람이 차구나
설렘 반 두려움 반으로 반짝거림으로
마주친 시선이 하나둘 매서워 보였다

내 뒤를 따른 검은 그림자와 동행하면서

싸늘한 눈빛 따라 흐르는 가로등
마주 보면서 꽃샘추위 오든 말든
분당신도시를 지나 오르막길 터벅터벅
걷던 별은 보이지 않고 어둠만이 가득찼다.

산다는 것은 흔적

어느새 내가 저만치 서 있다.
저무는 노을과 함께
굳은 두 어깨 나란히 한 채
쉬어가는 내 인생아
보이지 않은 시간에 잡혀
있을 듯 없을 듯 세월 따라서 가는구나!

짧고도 긴 세월 쉬어가는 흔적에
돌아보니 참 좋은 친구였어
꽃주름으로 가득 찬 그녀도
세월 앞에는 부끄러워하는구나
지나온 과거가 그랬듯이
이제는 모든 게 서툴기만 하였다.

돌고 돌아봐도
셀 수 없을 만큼 긴 터널도 있었지
흰 백합꽃 핀 그 자리 수만큼
많고 많았던 그 시련도 잊으리라

노래 따라 강남 따라 미련을 두지 말자

청안

| 2부 |

엄마꽃

이월의 봄날이 부른다

막 봄바람이 불어오기 시작했다
내 마음속으로
한 걸음 다가서는 입춘
한풀 꺾인 듯 실개천
버들가지 더 할 것 없이 봄을 기다렸다

가지마다 연둣빛이 눈에 띈다
개미 떼처럼 덕지덕지 덜어 붙어
보일 듯 말 듯 한 눈망울
막 겨울잠에서 깨어난 매화꽃처럼
실눈 비비며 옥구슬 매달아 놓았다

붉은 입술 터질 듯 한 봉오리
가파른 절벽을 타고
젖 먹은 힘 펼쳐놓고
눈부신 하루를 연 쪽빛 자락
어느 때보다 곱디고운 봄날다웠다

겨우내 기다렸던 봄
추억 따라 가는 세월
애기 걸음으로 걸어
하늘 길 열어놓고 기다리누나
저 언덕 넘어 아지랑이 꽃도 피어날 거다.

약속 시간

아침부터 마음이 복잡했다
지름길 따라
동대구 가는 길 비록 한산해
난 약속한 시각 지키려고
더 이상 미루지 못한 나그네
끝에서 또 원점으로 걸어가는 비보호
신천길 오랜만에 달려 감회가 새로웠다
앞산 길 따라 대곡 가는 길
왠지 아리송해 무작정 달리는 신작로
만남의 장소가 바로 눈에 띄었다
한 친구는 시간 내 도착해 몇몇 친구도 와 있었다
간단한 인사 뒤 또 두 친구가 반가웠다
낙지볶음 주꾸미볶음 콩나물 무생채
김도 놓여있었다. 밥솥에 빠진 물수제비
하나둘 건져 간다. 나도 낚시질하듯
한입이 꿀맛이었다
정신없이 젓가락 덕담 나누면서
어느새 헤어져야 할 시간이 되어

또 다음 약속하며 헤어져야 했던 미소 귀에 걸렸다.

청암

매듭달

겨울이 끝날 무렵 실감 났다
저녁노을보다 싸늘한 동지섣달
심술쟁이 매서운 눈빛으로
밤낮 오가며 친구 따라 밤길 걸었다
오랜만에 느끼지 못한 마음 웃음꽃 피어 있더라
늦은 저녁도 아닌 복어찜 달짝지근한 복 껍질
흰쌀밥 샐러드 아리랑 고개로 넘어가는구나
길게 누운 명태 복합 칼슘이 풍성한 우정
오랜 추억 더듬어 주는 쌍화차 향기가
온몸을 따스하게 데우고 있는 이 순간
은은한 불빛마저 공간을 초월하여
젊은 날 간곳없고 할머니가 된 과거 잊고 살았다
눈앞에 놓인 매듭달 하루하루 줄어드니 괜스레
내 삶이 줄어드는 것 같아 참 기쁘다 할까
낡은 레코드 추억 더듬는 밤
헤어지기 싫은 듯 겨울바람은 흥겹게 춤추며
허공에 떠 있는 반달 낯설지 않은 미소에
모든 것 내려놓고 길동무가 되어 밤늦도록

가로등 사이로 훔쳐본 눈빛이 어찌 그리 고울까
해맑게 웃는 모습 친구의 마음 같아서
내 마음도 등 따라 설레게 하는 달무리 어디까지.

겨울 나들이

유명 작가들의 잔칫날
화려한 오봉도 그림
해와 달이 서로 부딪치며
미등이 켜진 소박한 무대였다

매서운 바람 등에 업고
은빛이 출렁이는 해운대 풍랑
검푸른 파도 일몰처럼 밀려오는
해조류 바다도 점점 비워졌다

수은등 말없이 반기며
어두운 밤하늘 서성이다
도시의 빌딩 숲으로 숨긴 채
아침 햇살 눈부시도록 찰랑대며
모닝커피 전복죽 추억이 든든했다

멀고도 가까운 광안리 앞바다
구름 터널 끝없이 이어진 영도다리

광안대교 오류도 스카이 태종대 등대
오공주의 마음 설레게 한 흰여울 주마등
용두산 꽃시계 쉬지 않고 돌아간다

그 옛날 임시 수도 기념관
소박한 공간 탁자 의자 몇 개로
역사 이루게 된 젊은이여
옛 선조의 흔적 되새기며
돌아선 발길이 떨어지지 않은 채
쫓기는 시간 재촉하며 기차에 몸 실었다.

2023.12.17 오공 부산 여행

겨울 산

겨울 산은 묵묵하게 서 있습니다.
먼동이 떠오르기까지 기다린 순간까지 순응하며
겨우 내 발길이 뜸한 오솔길을 따라 걷고 있습니다
거센 눈보라가 닥쳐도
한 줌 햇살과 긴 겨울을 지내야 했던
내 흔적조차 보이지 않은 산기슭입니다
밤하늘 이불처럼 수놓은
별 반짝이는 추억 속으로 사라진
남쪽 하늘은 봄이 오기를 기다리고 있습니다
동지섣달의 긴 밤을 지새우며
문풍지 바람에 펄럭이는 설산의 소박한 풍경 속에서
수묵화 그림으로 올려놓은
겨울 산을 바라보는 눈빛이 예술입니다

엄마꽃

엄마 얼굴에 꽃이 피었네
장밋빛보다 더 고운 향기
라일락 향기 좀처럼 떨어지지 않은
세월도 참 무심하구나
수십 년 지켜온 엄마의 삶
엄마의 깊은 마음 헤아리지 못한 것 같았어
미안하고 마음이 아팠어요
지금까지 살면서
엄마을 위했어! 한 번도 보지 못했습니다
구순이 넘은 나이도 잊고
늘 배움이 보족해 하며
하루하루 버티며 살아가는 울 엄마
내 곁에서 얼마나 더 머물러 줄 수 있을까
숙제 같은 하루하루가 살얼음 같은 아픔을 안고 갑니다

은행나무

가을이 익어가는 길목에
은행나무 노랗게 피우고 있다
크고 작은 잎이 초롱초롱하게 번진
앙상한 가지 사이로
꽃비다운 추억이 떨어졌다

까맣게 타버린 세월 속
왠지 난 네가 미워졌어
내 삶과 추억까지 다 쓰러 가니
가슴이 미어지기에 아파졌다.

저녁 바람은 더 싫어졌고
노란 추억이 쓰러져
바닥에 뒹군 것을 바라보니
내 마음 한껏 무거워져
발걸음이 떨어지지 않았다

나도 한때는 청춘이었건만

이제는 바람처럼 실어 갈 수 있을까?
헐벗은 너를 바라보면
꼬부랑 할머니 등덜미를 보는 듯한
내 모습이 노랗게 타버려 쓸쓸해졌다.

겨울바람

겨울바람이 쇠 차게 분다.
낙엽은 꽃처럼 쏟아지는 겨울바람 속에서
사각사각 부서지며 발길에 차이고
늦가을 귀뚜라미의 노래 장단에 취해 있습니다
그리움을 끌고 굴러가는
노을은 추억을 더듬어 셀 수 없게 합니다.
차가운 바람이 몰려와 등골이 싸늘한 거리에서
개미 떼처럼 몰려들 듯합니다
진종일 움츠리며 때 이른 봄을 기다리고 있죠.
마지막 비단옷까지 투사한 시나리오 속에서
꽃무덤처럼 쌓여가는 늦가을,
로마와 줄리아의 첫사랑 이야기가
로맨스의 멋진 회나리로 엮어져 있습니다

겨울 나그네

겨울이 찾아오면
나그네의 발길은 더욱 급해지는 법이죠
찬바람이 등살 스치면서 겨우살이 힘들어지고
그리던 꿈은 어디론가 사라져 버린
겨울아. 왜 이렇게 무자비하게 다가오는가
마음이 아프고 눈시울이 뜨거워지는
순간이 참을 수가 없게 만들었어.
왠지 오늘따라 바람이 세차게 부는구나
때로는 숨이 답답한 느낌도 받았어
귓불이 터지도록 부추겨주고
뼈저리게 춥고 가난했던 그 시절이 떠올랐어

민낯으로 웃는다

함박웃음 꽃피우는 그녀는
늘 포근하게 웃어주며
세상을 온통 가슴으로 안아 주고 있다.
눈으로만 주고받던 미소와
달덩이처럼 붉어진 눈빛이 반짝인다

수줍은 듯
그녀의 귓불도 발갬이 고왔고
장밋빛처럼 고운 그녀는
몸이 부서져 닳아 없어질 때까지
웃음은 잃지 않고 끝까지 지켜주었다

번지 없는 주막집 기웃거리며
술에 취한 나그네 다독이는
그녀는 누구보다 아름다웠다
긴 목덜미 가슴속까지 드러낸 그녀는
화려하지도 않고 얌전한 귀족처럼 보였다.

계묘년 첫눈

계묘년 11월 18일 새벽녘
첫눈이 날 일어나게 했습니다
창밖으로 보인 도시의 거리
안개꽃처럼 피어나고 있었다
온통 하얗게 덮어버린 빌딩 숲
새벽이 밝아오니 가지마다
함박꽃 피었다
겨울로 가는 길목
눈꽃이 활짝 피어 뽀드득 뽀드득
소리 나는 발자국 내 뒤를 따른다
세월은 나를 잊고 동고동락하는
그림자도 첫눈에 반해 풀풀 뛰고 있었다
나와 첫눈이 내리는 새벽
초행길 같지 않은 거리로 나서
두 날개 활짝 펴고
눈꽃은 삶에 흔적이 아닌가 싶어
살아남은 잔액까지 죽음으로 몰고 간
온갖 시련에 살아 숨 쉬는
그들만의 세상이었다.

갈대

갈바람 일몰처럼 밀려왔다.
온몸을 불사르듯
가을의 느낌 황금빛 연상으로
오색 빛 들어낸 산마루
철새도 잠시 머물다 가는
갈대숲으로 몸 숨긴 채
쪼그리고 앉아 서로 다독이고 있다

수줍은 듯 한 걸음 다가와
귓속말 전하는 갈바람
파란만장한 아픔을 딛고 여기까지
걸어온 세월은 유유했다
서서히 하산 길에 올라

이별을 고하는 봄날
화려하고 멋진 계절을 바꾸어
곱게 여민 비단옷

눈부시게 빛나고 있었다
밤하늘별처럼 쏟아진 낙엽
잠깐이나마 쉬어가는 나그네가 되었다.

가을 속으로

가을바람이 어디론가 흘러가고 있습니다
노랫말처럼
마음속에 넣어둔 상처
하루가 다르게 여물어가는
그대는 조금도 기다려 주지 않은
그대 마음 어떻게 알 수 있을까요?

갈바람 통째로 구른 언저리에서
그대의 아픔을 더 깊게 헤집고 있습니다
그대여 날개를 활짝 펼쳐라
아쉬움 뒤로한 채
빼놓을 수 없는 기억을 간직합니다
그리고 어디에도 비유할 수 없는 순간들
가을은 그대의 마음을 담아 느끼게 한 계절입니다

기약 없는 하루

모처럼 눈이 내린다.
내 머리 위
살포시 떨어진 안개꽃
중년인 가슴에도 봄처럼 설렜다.

창가에 나리는 눈꽃
한잔에 술 채우듯
온 세상 백합꽃이 활짝 피어
아이들도 좋았어! 이리 뛰고 저리 뛰며
짓궂은 아이 눈싸움하는 아이도 몇몇 있었다

내 어린 추억 그리워하며
동화 속에 그림처럼
잔잔하게 밀려오는 그리움에
눈꽃이 사로잡는 겨울 풍경
낮달에 견디지 못한 채
흔적 없이 사라진 겨울 나그네였다.

세월의 언덕

쪽빛 사이로 비치는 파란 하늘
눈부시도록 맑아 보였다
서산에 지는 노을 소리 없이
삶의 무게에 이기지 못한 채
반쪽짜리 어깨가 기울어진 듯
모든 것 내려놓고
저녁 바다 한 몸을 던졌다
찰랑한 이불 삼아 밀려오는
세월만큼 질척대는 그리움이
동심으로 돌아가 술잔에 취하고 싶었다
마음의 언덕 넘어 서로 얼싸안은 채
다정했던 친구도 세월 앞에서는
장사가 없었다.
추억을 돌려 운동장 뛰었지만
몸과 마음은 따로 놀았다고
한 친구는 뛰는지 걷는지
뒤뚱거리는 세월이 야속하다는 마음뿐이었다
어느새 헤어져 할 시간이 되어

서로 얼싸안고 악수하며
손 흔들며 돌아서서
다음을 약속한 눈빛 어릴 때 놀던
그 눈빛이 아롱거렸다.

앞마당에 핀 갈바람

청암

가을 나들이

역전은 두 달 전 그 모습으로 날 반겼다
오가는 나그네도 아이들도
아장아장 걸어가는 모습이
잠시도 쉴 시간은 주지 않았다

에스 카레 타고 오는 길에
공사하는 것이 있어
친구는 조심스레 다가왔다
올 때마다 즐겁게 하는 단골집
이른 점심 단백질 야채 골고루 배 채웠다

하늘은 진종일 얼굴 가린 채
빗방울 보일 듯 말 듯 한
꽃구름 속 터널이 이어지며 연꽃은 사라진
체육공원 놀이공원에 여인들 쌍쌍이 걷고 있었다

넓은 잔디밭 고라니 쉼터가 되어
가을 코스모스 꽃길 핑크 물리가 한창

이름 모를 작은 꽃들이 날 기다린 듯
주인공처럼 한 커트 추억을 담았다 너도나도

오공주 아쉬움을 뒤로하고
장거리 식당에서 물수제비 한 그릇 후딱 하고
오는 길
알이 꽉 찬 땅콩의 여신이 날카롭게 끌어당기며
뚱보 아줌마 농담 한 수에 전원이 넘어가 기가 찼다.

2023.10.8 잊지 못할 구미

비단 풀

비단풀 가을빛으로 몸을 불리는 작은 거인입니다.
꽁지머리 매듭처럼 매달린 오색 치맛자락이 펄럭이며,
여름과 가을이 오가며 땅을 휩쓸고 철부지로 뛰놀던
그때가 내 눈앞에서 아롱거렸습니다.
눈부시도록 파란 날, 기억조차 잃어버리고 있습니다.
저기, 저기 저 가을의 꽃자리를 펼쳐놓아 비단풀
오색 꿈을 엮어가는. 갈바람 신나게 달려와 안깁니다.
언덕길 살그머니 기대어 웃음꽃 활짝 핀 비단풀.
너는 어쩌면 그렇게 고울 수 있니?
묻고 싶은 내 마음 비단풀보다 더 먹은 나이가 되었습니다.

앞마당에 핀 갈바람

가을바람 봄볕처럼 산들거렸다
붉게 피어난 햇살 아래
앞마당 분꽃이 곱게 펼쳐진 그리움이
은행잎이 날이 갈수록 노란 국화꽃 향 내음이
뒤뜰을 가득 채워 내 마음을 설레게 했었다
훗날 추억 속으로 사라질 것 같은
갈바람 휘어지도록 굽이치는 뒤안길
시나리오를 엮은 가을밤은 누구보다 기다려지며
또다시 맞이할 수 있는 이른 아침에
앞뜰에 묻어둔 향기가 오래도록 머무르면 좋겠어요

설악동 가는 길

계묘년 구월 딸아이와 설악동 가는 길은
가평, 양평을 지나
양양에 긴 터널이 있습니다.
숨 가쁘게 달려야 했고,
금강송으로 빽빽하게 들어선
언덕길을 따라 쉼 없이 이어진
세 갈래 길 위는 좁다란 하늘만 보였습니다.
초가을에 꽃구름이 산허리를 휘감으며,
눈물비가 쭈르르 흘러 달덩이 웃음꽃 향기
꽃이 피어나는 모습이 그려졌습니다.
추억 속으로 사라질 미풍이
그림자처럼 떠오르는 설악의 밤,
초원에 불빛이 은은하게 퍼지는
케이트 홀
호반의 도시처럼 운무가 뒤쫓는 산하,
절벽에서 뿌리내린 잣나무들,
전설의 이야기 속으로 넘나드는
모습들이 떠올랐습니다.

늑대처럼 드러누운 울산바위
사자 꼬리처럼 이어진 비선대,
눈앞에 두고도 지나온 비룡 폭포,
낙산사와 신흥사에 고요하게 앉은 부처님,
흔들바위와 울산바위가
일만 이천 봉을 이루고 있습니다

청암

조각구름

조각구름 허공에 걸려
둥글둥글 흩어진 뒤안길 따라
눈물방울 감추는 모습이
안쓰러웠습니다.

정처 없이 흘러가는 내 인생아
어디로 가는지 알 수 없는 영령들
이제 가면 언제 오시러나
묻고 싶었습니다

미련을 떨쳐버리고
애꿎은 마음 달래는 눈시울
노을처럼 화려하고 아름다웠습니다

어둠이 시작되며
흑색에 가까운 먹구름이
적막에 밀려 땅거미가 된
골 깊게 파인 흔적도 사라졌습니다

전등 빛 사이로
속삭이는 여인들 가슴 설레었고
밤안개 속으로 사라진 그림자는
떠돌이처럼 떠돌았으며
굽이굽이 돌아가는 가로수 길
이슬방울이 반짝였습니다.

기억 없는 날 가다가

유년에 태어나 지금까지
눈물로 지세며
천 년의 자리 내려놓은 봄바람
벼랑 끝에 몰려 스산한 저녁 바다가 찬란하다
꽃향기는 무사히 빠져 들도 산으로
긴 여행길에 올라 기약 없는 날을 헤매다가
허리춤에 걸려 가도 못할 기루에서
오월의 정원에 불러 모아 꽃 피운 날만 기다렸다.
파스텔 같은 그리움으로
은하수 달무리 비치는 그림자와 동행한
그대는 청마루에 걸터앉아 별 하나둘 세며
마른기침이 곧 절벽에 떨어질 것 같은 눈물바다
입가에 번지면서 미소
지나온 세월을 기억하며 하루하루를 버티는
낡은 가로등 밤늦도록 거리 서성이며
동녘을 바라보는 눈웃음이
먼 곳까지 전할 수 있으련만

하모니

아름답구나
함께 가야 하는 그대 그리고 나
인생의 긴 여정 구름처럼 묵묵히 걷는
시냇물 더 넓은 세상으로 가는가?
계절마다 찾아오는 느낌 하나
어찌 다 말할 수 있으리오
그저 고맙고 반갑고 기쁘다
네가 죽어서도 부르고 싶은 그 이름
사랑으로 꽃이 피었다
주마등처럼 여기던 그 자리가 꽃자리였다.

모란이 질 때

모란이 질 때까지는 봄은 저만치서
한 송이 꽃을 피우기 위해
마지막까지 뚝뚝 떨어져
비로소 봄을 여읜 서러움에 잠긴다

어느 날 문득
드러누운 꽃잎마저 시들어지고
모란은 흔적도 없이 사라져
무서리가 되었다

그녀의 발길은 멈추지 않았다
단아한 모습 엄마 꽃 닮아
사랑으로 전해온 슬픈 이야기도
천년을 빛낼 수 있었던 모란의 추억이다

입춘1

작년에 있었던 추억들이
갈바람 타고 사라진 뒤안길에
쏜살같이 달려 나온 먼동
묵은 때 다 벗어던지고
해맑은 미소 한가득 머금고
꽃구름 화들짝 펼쳤던 그녀는
천 리 길도 단숨에 달려와
오색의 꿈으로 하루를 열어간다
쉬 쉬 쉬 하면서
산마루에 걸터앉은 추억이
이제는 모두 과거가 되어버렸다
겨우내 움츠렸던 대지도
봄을 부른다. 온 힘을 다해
들썩이는 세상을 뚫고
우뚝 솟아난 풀꽃들이
곳곳에 씨간장처럼 몽글몽글 퍼졌다.

입춘2

봄 온다는 소식
먼 산 잔설 뒷걸음질하며 수군거린
계곡 길 쫓는 겨울 산
묵직한 발길 진주 봉 끝에 매달려
헉헉거리며 온 힘 다해
버티는 눈빛이 매서웠다

옥수동 솔가지
겨우내 눈보라 부대끼며
봄 오는 길목에 마중 나왔다
너를 기다릴 수밖에 없었던
눈앞이 아롱거려 잘 보이지 않는구나

먼동 앞에 놀던 아지랑이
봄날 부끄럽지 않은 햇살 넘어
들 고양이처럼
밤낮 가리지 않고 달려온 봄볕
졸랑졸랑 따라가는 작은 거인

곁눈질하며 걸어가는 꽁무니가 멋졌다.

꽃순이 일기

꽃순이 약속한 그날
꼬리에서 꼬리를 물고
모세의 발길 낱낱이 이어지며
빈 곳 없이 빼곡하게 채워준 꽃향기였다
달콤하게 빛날 때
어제보다 더 나은 현실이
눈앞에 아롱거려 머뭇거릴 것 없이
북적대는 철새들도 길을 잃어
두리번거린다
모처럼 다정다감하게 다가온
그녀의 눈빛이 수줍은 듯 살그머니
창밖을 서성이며
그 시절이 떠올라 멍했다.
창공으로 불어오는 바람 편에
시 한 편이 번개처럼 스쳐
문득 떠오르는 상처에 통곡하며
눈시울 붉힌다
금오산 둘레길 따라

도란도란 걷다 보니 다람쥐가 곁눈질하며
배가 고픈 듯 흐릿한 눈빛으로 쳐다본다
점심시간이 다가와 나도 허기가 진 듯
배에서 산모처럼 진동이 왔다

보리수 한 알 한 알 따 먹는 재미가
어릴 때 앵두 따 먹던 추억이 생각이 나
금오산 산책길 더 그리운 추억이 되었어
풀꽃들도 제 몫을 다하는 봄날 같아
낮달도 봄날처럼 빛나게 비추어 주는구나

친구 손에 끌려 단골집 마당에 도착해
주문한 고기반찬이 가지런하게 놓여
군침 삼키며 마주한 점심시간
하하 웃다가 시간이 흘러
커피 맛도 제대로 느끼지 못한 채 헤어졌다.

여름밤

밤하늘 반짝이는 별 셋
견우가 직녀가 만나던 순간
소낙비가 쏟아진 온통 물바다가 되었다
별은 물벼락에 쏜살같이 사라져
쌓아 올린 사랑탑 전설이 오간다

어느 때보다 뜨겁다는 느낌
스칠 때마다 수많은 별이
어둑어둑한 밤길 따라
새벽이 올 때까지 한발 물러서지 않았다

아침 이슬에 젖은 나뭇잎
빙그레 웃으며
옛 추억이 그리운 듯
간간이 불어오는 향기에 취해
가던 길 멈추고 술잔에 취해본다

간간이 덜어진 소낙비

낮달은 어디에 숨겨 놓았을까
진종일 파김치 된 허리 일으켜
검은 그림자로 나열한 여름밤
부챗살 휘어지게 흔들었다.

구미 가는 길

금오산 둘레길 따라
도란도란 걷다 보니 다람쥐가 곁눈질하며
배가 고픈 듯 흐릿한 눈빛으로 쳐다본다
점심시간이 다가와 나도 허기가 진 듯
배에서 산모처럼 진동이 왔다

보리수 한 알 한 알 따 먹는 재미가
어릴 때 앵두 따 먹던 추억이 생각이 나
금오산 산책길 더 그리운 추억이 되었어
풀꽃들도 제 몫을 다하는 봄날 같아
낮달도 봄날처럼 빛나게 비추어 주는구나

친구 손에 끌려 단골집 마당에 도착해
주문한 고기반찬이 가지런하게 놓여
군침 삼키며 마주한 점심시간
하하 웃다가 시간이 흘러
커피 맛도 제대로 느끼지 못한 채 헤어졌다.

무주 가는 길 1

설렌다
두 번이나 가게 되어
감회가 새롭다
갈 때마다 거창 휴게소 지나
겨울 산 우거진 진달래 마을 도착
아득한 거실 보컬 커튼 꽃무늬 눈에 띈다
숲과 나무 사이 녹음이 짙은
무주 밤하늘 별들이 쏟아져
초승달 눈빛 회초리처럼
맥주 맛이 묵은 때 씻어 내리는 것처럼
늦은 시간도 아랑 곳 없이
멈추지 않은 웃음소리 옆집까지 들렸다
상쾌한 아침이 밝았다
몽블랑 마루 사이 썰매장
그림처럼 빈 레인이 오르내린
해발 1.614m 향적봉 정상에 올라
잔설이 묻은 향적봉 산봉우리
뭉게구름 산허리 가로질러 학처럼 날아간다.
뭉게구름 산허리 가로질러 학처럼 날아간다.

무주 가는 길 2

실록이 짙은 먼 산봉우리
도란도란 서 있는 물푸레 소나무
뭔가 그리운지 허공만 바라보는구나!

무녀처럼 사시사철 푸르다
발길 서둘러 도착한 나리 동산
숲이 우거진 펜 하우스
또 만나서 반갑고 즐거운 동지였다

만나면 헤어지는 아쉬움에도
밤새 웃음소리 끊이지 않은 흔적이
다음을 약속하듯 배낭 메고
차에 몸 싣고 용담호 조각공원 도착했다

빗살무늬 찰랑대는 용담호
바람처럼 하나 둘 모여든 여인들
댐을 등에 업고 한 커트
한 장에 추억을 그리는 태고종

누구의 가훈처럼 낙관이 찍혀 있었다.

청암

| 4부 |

사랑의 꿀맛

그날의 전쟁

우뚝 솟은 동녘 바람
불꽃 튀는 소리가 끝없이 들려
하루하루 피눈물 나는
전쟁이 뼈아픈 고통을 주었다
삶을 죽음으로 몰고 간
낙동강 철교야 꿈엔들 잊을 수 있으리라

나를 지켜라. 조국을 지키자
다 끊어진 철교 끌어안은 채
눈물이 마를 날 없이 싸워야 했던 전우
두 번은 생각하고 싶지 않은 그날
전쟁이 눈앞에서 아롱거려
또 다짐하고 또 다짐한 맹세에 짓밟혔다

파수꾼처럼 진흙탕으로
얼룩진 눈물자국이 훈장처럼
빛나 보인 젊은이들이여
죽을힘을 다해 살아남은 동지들아

울며 부르짖었던 뼈아픈 그날을 기억하리라

두 번째 만남

무지갯빛 곱게 빛나는 오후
친구랑 커피 한잔하고 싶었다
달콤한 쓴맛이
긴 목덜미 타고 지구 한 바퀴에
꿈에 부푼 발자취 추억으로 돌렸다

바람처럼 지나가는 세월
그 누구도 잡을 수 없었다
흔들지 않고 피는 꽃은 없다
밤새 품은 이슬방울
해맑게 몽땅 전해주어 웃는다

코끝으로 스쳐가는 향기
영산홍 꽃보다 곱게
아침을 맞이하며
까치 한 마리가
창가에 앉아 무엇이라 말하는 듯했다

난 멍하니 지켜보며
보잘것없는 날 반기는구나 하며
고맙다는 말을 무엇으로 화답해 줄까
단순한 생각에 노래나 한 곡 불러볼까?
웃으며 맞이하는 하루가 즐거웠다.

정안

짧은 여정

세월 가니 몸도 마음도 굳은 채
팔다리가 따로 노는 것처럼
허전한 생각이 들어서
깍지 끼었던 손이 힘없이 풀렸다

계절마다 찾아오는 흔적
비장의 무기처럼
하루하루 가는 세월에
던져진 내 모습이 싫어졌다.

괜스레 입맛조차 떨어져
묵은지처럼 지난 여정이
새롭게 마음에 문 두드리는 순간
옛 추억이 눈앞에서 아롱거리며 떠올랐다.

길고 먼 여정
앞만 보고 달리던 그 길이
너 나 꽃길이었으면 좋겠어

봄날처럼 새롭게 시작하는 꽃길이 좋아

사랑의 꿀맛

아장아장 걷는 아기 걸음마
노란 애기똥풀은
봄볕 따라 몸 불리며
봄날 따라 날개를 활짝 편
애기똥풀은 낮은 자세로 쳐다본다

노란 꽃 편지 주고받으며
사랑이 오가는 지난날 회상하며
여린 모습이
엄마 꽃 닮은 입술이 붉다

어깨 넘어 비치는 맵시
어쩌면 이렇게 똑같은가?
머그잔에 올려놓은 향기처럼
엄마가 끓려준 숭늉처럼 향긋했다.

그리움

추억이 그리운 날
사랑과 미움이 시작되며
뜨거운 열정이
등골 타고 뜨겁게 흘러내렸다

한낮 열기는 온몸 감싸고
머리끝에서 발끝까지
내 삶에 가치를 알게 한 순간
하늘에서 갑자기 소낙비가 쏟아졌다

연극처럼 지나간 시나리오
사랑과 전쟁처럼
아담과 이브의 사랑
혼자 감당하기에 너무 버거웠다.

석별의 정

숱한 세월 다 접고
이별이란 정거장 눈앞에 닿았다
그 찬란했던 날들
다 떠나보낸 영혼이여
시간에 공감되지 않은 발자취에서

그리움 한 상 내어놓은 보름달
만삭에 가까운 산모처럼
유난히 허공이 밝구나
마주친 그리움 한 조각이 전부였어

따스한 눈빛마저
싸늘하게 식어가는 밤안개
보일 듯 말 듯 한
어둠을 뚫고 지나간 세월은 말이 없었다.

술에 취하듯 비틀거린 모습
눈웃음 넘겨받은 흔적

어느 때보다 화려한 석별의 정
이별을 등지고
새벽을 맞이하는 샛별처럼 눈부셨다.

늦은 봄

늦은 봄 아쉬운 듯
일출이 떠오르자
여수 바다를 출렁인다

가지 끝에 걸린
봄바람
은빛 비치는 길 따라
늦은 봄날 곱게도 펼쳤다

나도 덩달아
네온 불빛 따라
별빛처럼
여인이고 싶은 동백섬

꽃보다
아름다운 여수 밤바다
여인들 발길 멈추게 한
네온 불빛 따라

너와 함께 걷고 싶었다.

청한

이 순간만 기다렸어

왠지 오늘따라
당신에게 전화 걸고 싶었어

출근한 지 한 시간도 되지 않았는데
지난밤 꿈이 좋지 않았어

오만무도한 마음에 안절부절못하며
앉지도 서 있을 수도 없어 가슴조차 울렁거려
당신이 먼저 전화 오기를 기다리는 중이랍니다

내가 당신을 이렇게 사랑하고 있나 봅니다
풀숲이 우거진 공원길 비켜서
당신이 기다리는 중앙역 향해
수년 지켜 온 노대바람을 안고 나타나기를 기대했어요

지나온 날들이 과거 되고 미래가 되듯
시인의 흔적이 전부였다는 걸
시인은 늘 푸르다는 봄바람처럼 가슴을 열고

모든 것 수용하며 당신을 지키고 있습니다

작은 풀잎 하나도 그냥 지나치지 않고
당신을 사랑하고 미워할 수 있을 만큼 기댈 수 있어
고맙고 기쁩니다. 당신은 언제나 내 편이니까요.

오월의 당신

오월의 당신 눈부시다.
그때 그 시절로 돌아간 느낌
마냥 웃을 수 있었고
마냥 사랑할 수 있어서 좋아요

당신의 열정 또 그러하니
행복의 무게 가볍게 느끼지 않은
보랏빛 보다 부족하지만
널 함께 할 수 있어서 좋았어요.

빛과 그림자처럼
당신이 내어준 그 마음
잘 헤아리지 못한 것 같아
당신만 바라보면 그저 웃음이 터지는 거요
향기는 물론 꽃잎에 새겨진 전설이 그리웠어요.

핑크빛 사랑

초록빛 햇살 눈 부셨다
어제 약속한 그 장소
엷게 펼쳐진 꽃구름 허공을 떠돌다
동화 속에 나온 주인공처럼 빛나 보였다.

밤하늘 은하수
아름다운 밤이로구나
창밖에 서성이는 달무리
등 뒤에서 숨바꼭질하듯
빙그레 웃으며 바라보는 눈빛은 포근했다

빌딩 숲 사이로 마주한 눈 잉크
수많이 생각이 오가며
낮달의 속 깊은 내공이 담겨 있어
까만 밤이어도 스치는 향기는
은은함까지 멀리서도 고루고루 풍겼다.

봄꽃이 떠나기 전에

봄 기다린 듯이 밀어낸 꽃망울
무엇이 그리 성큼한지
웃음꽃 피기도 전에
길도 아닌 길 따라 무작정 상경해
뒤돌아보니 그 자리가 꿈같았다.

누구나 한 번쯤 추억이 있었지
연지곤지 찍고 시집가던 날
봄날처럼 설레기도 한
봄바람 살그머니 내 곁에 다가와
입맞춤할 듯 말 듯 등 뒤로 스쳤다

풍경 속 휘어진 채
떨어진 그 자리가 꽃자리 이여라
돌고 돌아서 앉은자리
꽃처럼 보석처럼
여기던 그 자리 꽃자리가 되었네

질 갱도 막 겨울잠에서 깨어났다
또 다른 친구를 맞이하면서
너의 이름을 불러본다. 산 메아리도
양지바른 언덕길 꽃술에 취한 듯
벚꽃은 끝끝내 어디론가 사라지고 말았다.

묵은 정

봄 길 따라 걷던 내 작은 발자국
나란히 줄지어 생긋이 웃는
가지마다 연둣빛 잉크 한 혼적이
뉘엿뉘엿 걸어오는 봄날이 눈부시다

추억의 뒤뜰 낱낱이 드러난
아름다운 풍경
아지랑이 라일락 향기
벌 나비가 찾아 날아들어
연초록빛이 눈부셔 마음 설렌다

봄 처녀
화촉의 불 밝힌
작은 민들레 나보다 먼저 세상 밖을 나와
어깨 짐 가득 실었다
향기 조금 이른 것 같지만 참고 버티었다.

한참 수다 떨다 헤어질 시간

연분홍빛 토하며
서멀서 뭘 멀어진 저 그림자
아쉬운 눈빛으로 그대를 떠나보내기를
가슴 뭉클한 느낌으로 마음에 닿았다

묵은 사랑

임을 따라 길을 나선 나그네
두 어깨를 나란히 한 채
가지마다 연둣빛이 눈에 띠며
뉘엿뉘엿 걸어가는 나그네였구나

그녀의 뒷모습 낱낱이 드러나 보였고
내 마음은 라일락 향기에 취해
벌 나비가 된 것처럼
사랑하는 그녀 곁에 달려가고 싶었다

봄 처녀 가슴 설렌다.
네온 불빛처럼 화려한 봄날은
작은 민들레도 콧노래 부르며
하루가 다르게 예쁜 그림으로 올려놓았다

한참 수다 떨다 헤어지는 노을
붉은빛 토하며 스멀스멀 멀어진 뒤안길
마쳐 술에 취한 듯 나그네처럼

오는 길 내내 뒤돌아 보여 슬펐다.

초행길

꼬부랑길 따라 무을 마을
매화 향기 덤불에 얽힌 진달래
등골에 붙은 꽃잎 나비처럼 나풀거린
살구꽃 복숭아꽃 쑥 냉이 향기가
내 가슴 설레게 한 무을 마을 도착했다

맨발의 청춘 삶이 시작된다
황톳길 오르내리며
묵언수행 끝에 한 발 내딛는
봄날은 꽃길 열어 주었다
봄비도 간간이 내려 가슴을 쓰려 내렸다

겨울잠에서 갓 깨어난 버들가지
수줍은 듯 고개 숙인 채
온 동네 꽃 잔치가 된
신토불이 한 상 가득 채운
유채꽃 닮은 개나리 길게 드러누워 날 반겼다.

봄날 가로지른 뚝 길
뽀얀 싸리꽃 터질 듯 말 듯 한 눈망울이
봄을 연 상쾌하며 손 내밀어준 주막거리
상투 머리 나그네 한잔하고 가세
초행길이라 든든히 배 채우고 가세 땅거미 내리기 전에

성암

마당 깊은 집

청암

가을전어

노란 가을빛 축제 한마당이 열렸다
펄떡펄떡 뛰는 설렘 눈부신 속살 한입 베어 문 느낌
가을 햇살만큼 고소하구나! 입안에 사르르
천궁으로 몸을 던진 쪽빛 따라 수심을 헤치고
은빛 찬란한 모래톱에 누워
시퍼런 눈덩이가 도마에서 칼춤 춘다
두 눈이 반짝반짝 어리광도 잊은 채
지난 추억을 통하며 갈바람
하늘은 마냥 곱게만 쏟아낸다
유난히 가을을 찾는 이유는 무엇일까
아름답게 보이는 이유는 무엇일까
죽을힘을 다해 한 몸 던지는 이유는 또 무엇일까
도마 위에 난도질하려는 데도
비릿한 향기에 젖어 온몸을 비틀며
톡톡 튀는 언어들 빨갛게 홍조된 한입 속으로 사라진다
가을 전어는 마지막 남은 뼈 살까지
뜨겁게 피눈물 흘리며 호소하는
그 순간을 잊을 수는 없다

죽는 날까지 갈바람 아닌 봄바람이었으면 좋겠어.

오늘 같은 날

12. 5. 24일 그날
잊을 수 없었다 첫 생일이라
꽃비가 내리는구나!
하염없이 쏟아진 눈물은 감출 수 없었다.
너무 좋았어! 눈물도 빗물도 말라버린
오월이 그리워
그 옛날 울 엄마도 그랬겠지
세월도 무심하다는 생각이 들었네!
꿈같은 날이 있으니
오늘처럼 참을 수 있으리라 믿고 살았다.

2016. 11. 27일
집에 복덩이가 들어온다는 소식에
몸 둘 바를 모르겠어!
지난 과거 다 잊어버리자
눈물 반 설렘 반이 나보다 먼저 앞서
가는구나 오늘 같은 이 순간이
나에 바람이었고 너희들 바람이었어

꿈인지 생신인지 오늘 같은 날이 또 있으리오

아무리 생각하고 또 생각해도
감회가 새로웠다.
선남선녀가 문전에서 복 꾸러미 들고 오는구나!
너희들 가는 길이 꽃길이었으면 좋겠어.
오월의 여왕처럼 꽃비 쏟아진
정원에. 사랑에 씨앗이 영글고 있겠지?

엄마는 너희들 믿고 있어
지금까지 잘해 왔듯이
앞으로도 지금처럼 즐겁게 살아만 다오
혼자보다 두 사람이 함께 가면
세상 어디 가도 두려운 것이 없어
엄마도 시집온 지가 엊그제 같은데
벌써 사십 년이 넘었네! 세월은 유수 같구나!

목련 봉오리

겨우내 간직한 꽃물
젖가슴처럼 부풀어
잔가지에 매달아 놓은 봉오리
봄바람 출렁이며 꽃 피워낸다

겨우내 기다리다
봄볕 올려놓은 그리움
네가 내 곁에 먼저 달려왔구나
할 말이 많은 듯
내 귀에다 귓속말 전하는 목련 아씨

바람아 불지 말라
애써 피어 놓은 꽃망울 떨어질까 봐
좁아한 마음 뜬눈으로 밤새워
칼바람에도 흔들리지 않고
오래오래 간직하고 싶어 이날만 기다렸어.

외출에서 만난 고양이

모처럼의 외출이었다
익숙지 못한 마음이 햇살에 부끄럽다.
돌담길에 쪼그리고 앉은 노인을 본다
언젠가는 떠나야 할 세상
가슴이 아프다.
그는 늘 혼자이었나 보다.
쪼그리고 앉은 모습에서
연민처럼 안고 있는 고양이를
밤낮으로 쓰다듬으며 세월을 붙잡고 있었다.

늦가을

늦가을의 화려함이
그렇게 길지 않았다
짧은 시간 안에 많은 것
보여 주기 위해 온몸을 불태웠다

설익은 갈대밭
갈바람이 불어 휘청거리며
오뚝이처럼 넘어졌다 일어서는
야성이 넘치는 사나이가 되었다

멀리서 바라보는 늦가을
피멍 자국이 얽히고 스쳐 간 상처가
낱낱이 드러나 수많은 고통도
잊으려고 애쓰는 마음이 갈기갈기 찢어졌다.

더 없는 맑아진 하늘은
꽃구름 허공에 군데군데 매달고
슬픔을 감추지 못한 채

갈바람 낙엽을 쫓아 문전박대하듯
늦가을 서두르는 발길이 힘들어 보였다.

늦은 휴가

오랜만에 입가에서 미소가 번지며
초가을 향기 물씬 풍기는
사천 휴게소 도착했다
빈자리마다 쌍쌍이 둘러앉아
군고구마 포도 커피 향기 음미하며
또다시 자림을 떠난 백천사 대웅전
단걸음에 두보살 곁으로 발길 옮겼다

산 굽이굽이 돌아 박재삼 문학관 도착
푸른 바다 넘실거리는 고향에
박재삼 일대기가 눈에 보였다.
돈 삼천 원 없어 중학교 입학도 못 한 채
야학교 다니며 고등학교 대학까지 마친
박 시인 첫 시집 초적과 春香이 마음 출간했다

눈물과 아쉬움이 짠했다
전쟁 속에서도 나라를 위해
혼신을 다하며

열악한 환경에도 오직 한 길로만 싸웠던 그 시절
박목월 서정주 이형기 옛 시인들과
나란히 서 찍은 모습이 너무 멋져 보였다

해 오름 끝자락 다랑이 마을
짧은 거리 병풍바위 주상절리
용암이 분출되어 암석으로 변해
화산암이 갈라진 틈 사이사이
기둥으로 이어진 바위가 층층이 내려앉은
초식 공룡이 걸어간 발자취 한눈에 볼 수 있었다.

가시 선인장

하루에도 수십 번 발로서
이리 밀고 저리 밀고
천덕꾸러기로 내돌려
하루에도 열두 번 죽고 싶은 심정은
말할 수 없을 만큼 숱한 나날이 되자
돌아보니 과거가 있고 추억이 되듯이
그렇게 차가운 시선에도 참고 또 참아
눈 뜬 맹인처럼 하루하루 버티며 살 수 있는
물 한 방울에 목숨 걸고
이제나 저제나 하며 지나는
발자국 소리만 나도 목 놓아 기다렸다.
눈앞이 깜깜 했다.
그 누구도 쳐다보지 않아
가슴이 미어지게 아팠다
가까이 갈수록 따가운 시선은
피할 길이 없이 제자리서 걸음으로
숨죽이고 버티는 순간이 어느 때보다 길었다.
날이면 날마다 쌓이는 고통은

운명처럼 받아들여야 했던
삶에 끈조차 놓지 못하는 신세가 된 그녀는
그 또한 모질게 살아야 하는 그녀의 삶이었다

하회마을

오월의 신부 꽃밭에 앉았네
빼곡하게 들어간 연포탕
기름이 반지르르한 눈길
똑똑 튀는 알알이 씹을수록 고소한 느낌
아카시아 꽃향기가 진동하는 산기슭
낮달에 빛나는 내 얼굴이 등 따라 빛나 보였다.
강천길 지나 둑길 따라
실바람 불어오는 들녘
예 담 집 정원에도 꽃이 피었다
담회색 비취색 봄을 연상하며
유리 벽 타고 새 나온 된장국
염장하듯이 한 겹 한 겹 쌓인 연밥
무화과 은행알이
서로 사이사이 어깨동무한 채
진한 입맞춤으로 감동을 줬다.
봄 향기 등쌀에 떠밀려
하회마을 잔칫상 벌어졌네
초가집 평상에 누운

짭짤한 간 고등어 한 입
꼭꼭 씹으니 씹을수록 고소한 느낌은
가슴속까지 놓아 내린 훈훈함
진달래 영산홍 한 아름 안은 철쭉꽃처럼
며칠 지나도 잊히지 않은 첫 나들이가 되었다.

2019..5.5 지효랑 첫 나들이 안동 하회마을 예 담 식당

마당 깊은 집

옛집 둘러보니
마당 한가운데 잡초와
다 쓰러진 지붕 터널이
녹슨 폐허가
찢어진 문풍지 실바람에 나부긴다
마당 한가운데
실금 간 독이 나 뒹굴고
정던 내 고향집 기둥뿌리가 쓰러진 채
밤낮 서리 밭에 앉아서
긴 여정을 헤아리며 돌아보니
흩어진 과거가 낱낱이 드러나 있었다.
무쇠 솥 소쿠리 호미 등
옛 조상 손때 묻은 흔적이
고스란히 담겨 있어
마음 한곳에 추억이 감돌아 쓸쓸했다.
삐거덕거리는 사립문
사이사이 낀 빨간 장미 덩굴
햇살 한 줌 품은 채

웃음소리 끊어진 지 오랜 세월이라
낙숫물 떨어진 소리가 심금을 울리고
점점 잊혀가는 내 고향 향수가 그리웠다.

청삼

입춘 1

어느새 눈꽃은 사라지고
앙상한 능선 눈앞에 가물거린
겨울 산
그렇게 매섭던 겨울바람
봄바람에 밀려간 곳이 없구나

아지랑이 잔가지에 매달려
보일 듯 말 듯 한 조각
마음에서 멀어지는 것처럼
봄은 향기에 취해
하루가 다르게 새싹이 눈 뜨고 있구나

한 걸음 한 걸음 다가오는 봄
내 가슴 설레게 하며
목련 봉오리 먼저 손 밀어낸다

산수유 다소곳이
겨우내 움츠렸던 마음 봄볕에 날리면서

성남

입춘 2

봄이 온다는 소식에
먼 산 잔설은 뒷걸음질하며 수군거린
계곡물 쫓기듯이
사라지는 겨울 산
홀가분한 마음 아쉬워하며
한 방울 흔적도 없이 바람처럼 사라졌다.

옥수동 잔가지
겨우내 눈보라 부대끼며
들쑥날쑥한 마음으로
봄 오는 길목에 마중 나왔다
임 기다릴 수밖에 없는 순간들이
눈앞에서 실바람이 살래살래 불어온다.

먼동 마중 나온 아지랑이 길게 늘어진 채
눈부신 햇살 속으로 들 고양이들도
겨울잠에서 막 벗어나
두 귀 쫑긋 세우고 제 빠른 동작으로

주변을 살펴 하루 끼니 해결하기 위해
밤낮 가리지 않고 몸 풀기처럼
입춘을 기다린 듯하다.

설악동

설악동 백합이 활짝 피었네
새끼 노루와 어미 다람쥐가
숨바꼭질하면서 이리저리 쫓아다니며
눈밭을 오르내리고 있다

간밤에 다녀간 달무리와
북풍 바람이 불어
설악동은 꽁꽁 얼어붙었고
천불동 영혼도 잠을 이루지 못했다

산봉우리마다 장음이 흐르며
바위틈에 낀 소나무들은
묵묵히 자리를 지키며
역사의 장인으로 거듭나 있었다

수렴동 계곡은 쉬쉬하며
지나가는 나그네의 마음을 어루만지며
봉정암 석탑은 자세히 일러주었다.

역사가 담긴 하늘 정원이며
석탑 적멸보궁이 눈앞에서 아롱거렸다.

먼동의 여운

먼동 때 아닌 시간에
반갑게 날 끌어안듯
정체하는 모습이 우아했다.
흑색 가까운 그림자
약속이나 한 듯
졸졸 등 뒤에서 배웅하듯
외길만 고집하며 천 리 길 따랐다.

해맑은 눈빛
그냥 좋았어
정해진 시간 어김없이 정착해
한발 물러서지 않은 햇살처럼

노을은 저녁 바다에 놀다
차츰 사라진 그곳에 가려네
이리저리 비껴가는 그 사이에
해 저무는 밤과 낮 그 사이길
별들이 수군거리다

돌아선 섬 길이 그리 낯설지 않았다.
먼동아. 가자, 들로 산으로 강을 넘어서

가을이 오기전에

가을이 오기 전에

가을이 온다고
바람이 먼저 전하는구나
먼 산 불나비 단풍잎 물고
가을의 풍요로움 잠시 쉬어도 좋겠다

나의 또한 바람이었다.
가을을 쟁취하면서
빛살에 마음껏 뒹굴며 하소연하는 너
오랫동안 기다렸어! 많은 생각도 했었다

겨울이 오기 전에 모든 것 내려놓고
가을 끝자락에 서서
선뜻 떠나지 못한 그 마음 어찌 모르리
난 벌써 겨울 왕궁 들어갈 갈림길에 서 있다.

여왕의 날

오월의 정원
잔칫상이 벌었네
따스한 햇살 퍼지듯
붉은 물결 파도를 치는구나!
낮달 속에서 한참 머물다
비지땀으로 씻어 내린
민낯에 웃음꽃이 활짝 피었다
그날만 기다린 듯
여왕은 사랑에 빠져
꽃가마 타고 시집가는구나
연지 찍고 분 바르고
봄 마중 가듯
여왕은 신이나 홀라랄
휘파람 불며 어깨춤 흔들며
봄날 쫓아 떼 지어 가는
아지랑이 덩굴
허공 속으로 구름처럼 몰려간다.

11월 외출

이른 새벽부터 바빠졌다
마스크 선글라스 모자 등
사소하게 준비한 시간
중얼거리며 가방 둘러매고
일찍부터 차에 몸을 실었다
설레는 마음 감당하기엔 너무 벅찼다

달리는 자동차 사이길
가을 향기가 콧등이 시큰해
내 몰골이 더 웃음이 났다
어느새 낙엽은 바람에 뒹굴며
산기슭에 머무는 풍경
계절을 넘어 낱낱이 드러내고 있다

자연은 말없이 머물다
발길 닿는 대로 가는구나
겨울은 온갖 수모를 겪으면서
고래 춤으로

흔들려야 했다 다 내려놓고
먼 산 바라보며 시 한 줄 읊어 볼까 싶다.

가을 사랑

난 햇살에 밀려 얼굴 붉힌다.
성난 사람처럼
당신 앞에서 고개 숙여야 하니
참 당황할 때도 있었어
작은 몸집으로 서툰 솜씨에
진종일 고심하다 내 머리통이 텅 비었다

간혹 당신이 짓궂을 때도 있지만
그럴 때마다 난 장난인 줄 알았어
당신 마음속에는
한 가지 소망이 있는 줄은 몰랐어
툭툭 털고 가을이 가기 전에
당신과 나 사진 속 그림처럼 살고 싶었지

가을 코스모스 꽃길 거닐며
하얀 머플러 휘날리며
달콤한 사랑으로 꿈꾸던
그 시절 생각하며 가슴이 미어진다

그렇게 지나온 세월도 잠깐이었나 봐
이제야 돌아보니 당신 모습이 보이는군요.

가을의 추녀

가을은 소리 없이 왔구나
먼 산에 불나비
잠시 오색 꿈 안고
구름 사이로 흘러가는 바람 소리
낮달도 깜짝 놀란 듯
웃다 울다 산 허리춤에 걸려
허수아비처럼 굶주리고 서 있네
갈바람 들려오는 흔적
밤을 초래하는 것 같아
발걸음 쫓기듯이 달아나는 노을
초승달 반갑게 맞이하며
이 골목 저 골목 뛰어가는 모습이
울 엄마가 저녁상 차려놓고
여기저기 찾는 눈빛 같아서
차마 선뜻 나타나지 못한 나
둥지 뒤에 숨어버렸다. 엄마가 올 때까지

가을바람

오랜만에 들린 한양 길
하늘도 아는지 꽃비 내리네
김천 지나 예천이구나
창가 가로수
가을바람 타고 나비처럼 한들거린다

그동안 가슴속에 묻어둔 인내
상봉하듯 내 마음 설레는구나
옛이야기 주고받던 그날
역사를 이루는 속담이
끊어질 기미가 보이지 않는다

누구나
꿈은 이루어진다. 했건만
눈물 없이 볼 수 없는
희극도 예로부터 전해져
철부지들도 알고 있다. 뜬소문처럼
걷다가 벌써 종점에 닿았네 마음이 놓인다.

단풍잎

비단옷처럼 곱구나
그녀의 미소가
수줍은 듯 밝게 웃는 모습이
어쩌면 이렇게 예쁠까?
시월의 단풍잎
가는 곳마다 꽃비처럼 쏟아져
그녀는 갈 곳을 잃은 듯하구나

갈바람 재촉하며
시월의 밤 점점 깊어진다
귀뚜라미 울음소리
구성지게 들려
달맞이 가락에 어깨춤 놀리다
초승달 도망간 가슴앓이
말할 수 없이 슬프다 웃음이 터졌다

새벽이 밝아 올 때쯤
뿌연 안개꽃

도란도란 둘려 앉은 꽃 무덤
수레에 실려 가는 나그네처럼
그녀의 머리끝에서 열이
멈출 수 없이 토해버린 정거장
가랑잎 떨어지듯 셀 수 없구나!

쎄시봉 나들이

쎄시봉 나들이
오랜만에 온 가족이 함께
세 손녀 손에 손잡고
할미도 휘파람 불며 신이 났다

신세계 아쿠아리움에서
눈부신 하루가 시작되며
중년 할미도 어린아이처럼
할아버지도 입이 귀에 걸린 듯
눈에 넣어도 아프지 않을 새끼들과

비단 금붕어 세 마리
유리 벽 타고 오르락내리락
잠수 타게 엎치락뒤치락하며
생존에 싸움은 별다른 게 없구나
인어공주 색소폰 한 곡조
쎄시봉은 넋을 놓고 시간 가는 줄 몰랐다

어느새 저녁때가 다 되어서
주위가 부산했다
쎄시봉 식구들도 등 따라 어슷한 가운데
장난감 하나씩 쥐고 엄마 아빠 손에 끌려
간단한 저녁 식사 마치고 차에 몸을 실어
집으로 향한 발길은 가벼웠다. 누구보다

2019. 10.8 신세계 아쿠아리움

그리운 당신

왠지 오늘따라
당신에게 전화를 걸고 싶었다
아침 출근하는 모습이
좋은 기분은 아닌 것 같아서
점심시간까지 기다릴 수 없어
전화기 들고 만지작거리다 걸었다
여보 아무 일 없는 거지? 응 왜
그냥 당신 목소리 듣고 싶어서 했어요

지난밤 꿈 이야기는 끄집어내지도 못했다
내가 생각해도 말이 말 같지도 않았어
나 혼자 끙끙대며 머리 싸매고
퇴근 시간만 바라보았다
빌딩 숲 우거진 공원길 비켜서
당신이 자주 들리는 중앙역 향해
수년 지켜 온 노대바람 안고
진종일 숨 막히는 공해와 씨름하면서
최선을 다하는 당신이 정말 고마웠어요

누구보다 아파하고 누구보다 그리웠던
시인의 흔적이 전부였음을 알았어
시인은 늘 푸르다는 봄바람처럼
마음에다 꽃피우고 꿈 지우는
작은 풀잎 하나도 이름 있듯이
새봄을 알리듯 나의 꿈을 펼치며
당신이 그리움은 아직 끝나지 않았다
그렇게 어려웠던 시절 매섭게 추운 날
군말 한마디 않고 잘 살아준 당신이 멋집니다.

아쉬움

누구나 아쉬움은 흑색으로 연재된다
나의 청춘 앗아간 세월
묻지도 따지지 못한 시대의 아픔은
날이 갈수록 괴로움은 떠나지 않고
늘 그림자처럼 따라다닌다.

세월아
너는 어디까지 가느냐
기다리지 않아도 기다리는 것처럼
잘도 오가는구나
한 치의 거짓 없이 돌고 돌아서 여기까지

삶은 깊고 생은 짧고
사시사철 푸른 소나무처럼
과거가 미래 되고 미래가 과거 되듯이
봄여름이 오가는 길목 가을이 오고 있구나

서로서로 어깨동무한 듯

가을의 인내는 붉기만 한
온갖 추억으로 맛볼 수 있어
미래를 탐하지 않을 수 없다.
가을은 떠나도 겨울은 또 오고 있겠지!

안면도 가다가

며칠이 지나도 파도 소리 쟁쟁하구나
뿌연 물거품 꽃구름 밀려온 듯
낭만이 흐르는 바닷가
모래알 하얗게 밀리며 노을은 소리 없이 사라졌다

어둠이 깔린 바닷가
검푸른 파도만이 철석이며
밤바람은 숨죽인 채
도도한 모습 어느 때보다 묵직하게 들렸다.

노을이 열리는 순간
썰물 비명처럼 철석이며
바다 끝자락은 보이지 않아도
빌리지 창가에 레옹 춤추는 밤은 깊었다

하얀 벤치에 기댄 두 여인
상머리 가로수 초승달 벗을 삼아
술에 취한 듯 비트는 파도 소리

영영 오지 않을 것처럼 돌아보지 않았다.

청남

화려한 날

새빨간 향기 공원에 가득하다
장미 공원까지 층층이 내려앉아
여왕의 미소 끝까지 날 따라와
코끝 시리다 못해 눈부시며
마법에 요술 잭처럼 화려한 벗들
오월이는 가는 곳마다 무수리 같이
불빛도 화려함도
그들만의 거리가 되었다

초여름의 햇살 거리마다
불볕더위 젊음이여 좀 쉬었다가 가세
차린 것은 변변치 않지만 천년의 향기
가득 차려 놓았으니
셀카로 터트려 서툰 포즈에
초여름에 땀을 쥐게 한 공수들
미워하려야 미워할 수 없는 그날이 되었다

봄날

봄은 벌써 내 마음 읽었나 봐
으스스한 내 마음에다
불쑥 밀어내기 시작한 꽃망울
시간이 갈수록 톡톡 터지며
향기보다 진한 미소가 먼저 닿았다

개나리 진달래 노란 배추꽃
싸리 꽃처럼 길동무가 되어
반갑게 맞이하며
기다리고 있다는 이유도 알았어
멋진 무대 펼쳐놓은 그날 기대하면서

실개천 버들가지 신바람에
버들피리 삘리리삘리리 하며
보릿고개 넘는구나!
복사꽃이 필 때면 지나간 추억도
하나씩 하나씩 돌아오겠지?

봄

봄은 재빠르게 왔다가는 듯
클로버 땅 위에서
서로 잘났다고 머리싸움하며
사이사이 어깨동무한 채
볼 것이 있다고 가슴 풀어헤치고
정신없이 달려온 철쭉꽃 여기에 피었네

연초록
봄볕 따라 길을 나섰다.
실바람은 서풍에서 부는지
점점 진한
오렌지 맛처럼 상쾌한 느낌이 난다.

서로 마주 보는 눈빛
약속이나 한 것처럼
때가 때니만큼 몰고 오는 사연은
태산보다 큰 꽃 무덤으로 쌓였다.
새록새록 피어나는 봄날

마주칠 때마다 웃음꽃이 피어난다.

그날의 회상

시작과 끝은 저만치서
그렇게 매섭던 찬바람도
엎치락뒤치락하며
눈꽃은 어느새 사라지고
끝자락 한 모퉁이서 서성인다.

겨우내 얼어붙었던 마음
봄바람으로 녹여
한결 부드러운 눈빛
묵묵히 걸어 온 발자취
겨울은 지나고 봄이 되었다오

한낮 햇살도 여유를 보이며
빙그레 웃는 낮달도
반가운 듯 친구를 초대한다.
춘삼월 손꼽아 기다렸던 개나리
동백이 겨울을 고집한 이유를 알겠어.

처음처럼 설렜다.

당신 이마에 달맞이꽃 피었어
한두 개는 필 듯 말듯 한
봉오리로 맺혀
너무 일찍 찾아오는 것 아니지
불안 불안한 마음 놓을 수가 없네

콩밭 매던 시절 엊그제 같은데
벌써 중년으로 꽃 피우고 있으니
세월은 한 치의 거짓도 없구나!
낙관처럼 찍은 흔적
고스란히 머릿속에 남아 귀찮다

손녀 손자 웃는 얼굴처럼
당신 이마에 서광이 비치니
깨알 같은 좁쌀은 보이지 않고
뜬소문 같은 것 듣지 말고
난 당신만 믿고 살았으니 다행이지

겨울에 핀 동백

청암

겨울에 핀 동백

그믐날 밤 유난히 밝았다
엄동설한 동백은 활짝 웃으니
파르르 떨면서 두 입술이 벌어지며
거센 눈보라도 사라지는 듯
살핀 봉오리 고개 내밀어
가지 끝에 매달아
피운 것 같은 쓰라린 고통에
낮달을 그리워하며 사투를 벌인
흔적이 낱낱이 드러나
멀리서도 볼 수 있었다.
가까이 갈수록 더욱더 눈부신 감흥에
몸부림치며 달려 온 봄날
날카로운 첫 키스에 활짝 웃었다.

초겨울 연가

세찬 바람이
눈덩이처럼 쏟아져
온몸을 던져 막았다

어디까지 굴러가는가?
낯 선거리에서
열변을 토하며 가는가

끝까지 매달린 모습은
꿈은 아니었던가?
가는 곳마다 그리움으로

머무는 시간은 길지 않았다.
아쉬움 뒤로한 채
두려움 반 설렘을 안고
흔적 없이 사라진 초겨울의 연가

시작이 반이다

시작은 끝이 보이는 듯
그렇게 매섭던 찬바람 멀리한 채
엎치락뒤치락하며
눈꽃은 어느새 사라지고
한 점 그림자로 남긴 채 서성인다.

봄바람이 불어
겨우내 얼어붙은 내 마음
새로운 각오로 다짐하듯이
묵묵히 걸어온 발자취에 공들인다.

한낮 햇살 풀어 놓고
묵은 마음도 풀고
한 티끌도 남기지 않고
한 점의 미련도 두지 않았다.

때가 되니 잊힌 그녀가 날 찾았다.
지난날 회상하면서

추억 속으로 빠져들었다.
높이 나는 새처럼 삐걱거리며
언덕을 지나가는구나! 뒤안길이 꿈같이

퇴근길

현관문 나서는 당신 뒷모습 바라보니
요즘 들어 많이 늙었다는 생각이 들었습니다.
추운 날도 아랑곳없이
불출주야로 뛰는 당신을 바라보니
안쓰럽고 한편은 고맙기도 하며
때로는 몸도 마음도 고달플 때도 있을 텐데
시집온 후로는 한 날 한 시처럼 변함없는 당신
누구보다 자랑스럽습니다.

칠순이 가까운 나이에도
하루도 쉬지 않고 출근하는 당신
하늘이 알고 땅은 알고 있겠지?
곁에 있는 사람도 다 알지는 못했어요
누구보다 당신 마음 헤아리지 못한 내가 미웠습니다.
여보 이제는 나이가 있으니
살았던 날보다 살아야 하는 날이 적습니다
지금이라도 조금씩 내려놓고 즐기면서 살아요.

땅거미 내릴 때까지 기다리지 말고
일찍 귀가했어
커피 한잔하면서
지나온 과거는 홀홀 털어버리고
앞으로 당신과 나 건강만 생각하고
꽃 피는 봄이 오면 가까운 곳이라도 다니며
남은 삶 즐겁게 지내봅시다

땅거미와 함께 검정 비닐봉지 하나 들고
팔자걸음으로 걸어오는 당신
하루에 피로함을 안고
걷는 모습이 너무 안쓰럽습니다
비가 오나 눈이 오나 한결같은 당신
투정 불릴 만도 한데 단 한 번도 내색하지 않고
매일같이 출근하는 당신이 정말 고맙습니다.

우리 엄마는 늘 그랬다

우리 엄마는 늘 그랬다.
진종일 논밭에서 김매고 돌아오는 시간은
보름달과 함께 동행했다.
한 번도 피곤하다는 말 하지 않았다.
밥한 상 차려놓고 자식 먹는 것만 봐도
배가 부르다는 생각뿐이었다.

자식이 무엇인지
한평생을 헌신하며 살아온 울 엄마
밤이면 밤마다 떨어진 헌 옷 양말 꿰매다
졸다가 바늘에 찔려 피 흘린 적 여러 번 보았다.

명절이 가까워지면 밥을 삭혀 물엿으로
강정 만들어 선반에 한 포대 올려놓고
아침에 일어나면 강정 먹어라 웃으면서 하신 말

세월도 무심하다는 생각이 들었다.
아직 마음은 이 팔 청춘 같은데

하루하루가 줄어지는 삶이 안타까운 마음에
여러 자식이 있다 한들
엄마의 마음 헤아릴 사람은 아무도 없으니
마음이 슬프다. 누구나 늙으면 다 그런 거지 하며

내 나이가 중년이 넘어 할미가 되고 보니
엄마가 그렇게 소중한지 이제 알 것 같아
뒤늦게 돌아보니 엄마는 벌써 너무 먼 거리에 와있다.
세월을 되돌릴 수는 없을까? 안타까운 마음
수없이 후회 한들 무슨 소용이 있을까 엄마는 그래도 웃
는다.

정남

미련

기억조차
나지 않은 그 사람
어디서 무엇을 하고 있을까?
먼발치서 가슴 조이며 그리웠다.

날이 갈수록
누군가 내 발길 사로잡은 그녀
마음속 깊은 곳에 머무르고 있다.

들창에 걸어놓은 달무리
나를 향해 쏟아낸 미소
영화 한 장면처럼 애틋한 눈빛이
밤을 헤일 듯이 고요했다

매일 밤 찾았던 그녀
임이 그리워 울고 웃다가
시간 가는 줄도 모르고
새벽이 오는 줄도 모르고 밤을 새웠다.

가을비

가을비 소리 없이 쏟아지고
주막집에도 빗방울 마구 두드리며
내리는 모습이 생생하게 떠오릅니다

시인은 철없는 아이처럼
가을비 속으로 뛰어놀던 그 시절이
어제 밤 꿈처럼 스쳐
숱한 세월을 딛고 찾아온 가을비였습니다

안개꽃 피우려고 먼 길을 나선 것 같아요.
영화 속 장면처럼 아름다운 거리
가을비 소리 없이 떠나는
모습과 코스모스 꽃길을 따라
다가가는 언덕 너머 안개꽃으로
가득 찬 거리는 좀처럼 잊히지 않았습니다.

옥수수 전성기

이른 봄부터 아기 걸음으로
열두 고비 넘어 정착한 텃밭
봄볕 아지랑이 허공을 날아
사랑에 꽃길이 이루어졌다.

하나의 꽃을 피우기 위해
모진 고통을 참으며
비바람에도 쓰러지지 않고
긴 머리 풀어 헤치고
연둣빛 살찌우며 하루하루 지낸다.

석탑 쌓아 올리듯
수천 계단 밟고 다지며
하늘 고개 넘나들며 빗물 삼킨
봄바람 시샘하는 마음 억누르고
유월의 마침표 찍고
상큼 맛 입속으로 들어간다.

진실

어디까지 진실이 전해질까
날이 갈수록
진실은 무너지고 있다는 것이
새삼 느껴졌다. 때론 귀찮아하고
때론 고마울 때도 있었다
단상에 올라 약속한 말도
과거가 되어버린 추녀는 말이 없듯이
지나온 세월 속에서 많은 것 보았지
이제는 많은 것 감당하기엔
너무 먼 거리에 서 있어
지칠 때도 괴로울 때도 끝임 없이 많았다.
세월 앞에는 장사가 없듯이
내 마음도 내 마음 같지 않아
그렇게 열렬했던 사랑도 도망가 버렸고
인제야 뒤돌아보니 해는 중천에 떠있네
인생살이 다 그런 거지 뭐
그렇게 생각하며 나아가는 것이 어떨까요?

여름밤

휴일 오후쯤
먹구름이 지나가며
다양한 모형으로 흩어지고
성난 얼굴이 주름 잡고 갑니다.

뜰에는 채송화가 활짝 피어
전성기가 넘은 듯한
꼬부랑 할머니가 되어
풀죽은 기색이 영역이 드러납니다.

꽃도 잎도 모두 문드러져
반세기 넘은 오후에도
다시 살아나 주기를 바랍니다

칠월의 녹음 속에서
펄펄 끓는 햇살 아래
백일홍이 다홍색으로 피어
눈부신 풍경이 거짓같이 아름답습니다.

가을바람

늦가을 화려함이
그렇게 길지 않았습니다
짧은 시간에 온몸을 불태워 많은 꽃 피어납니다

설익은 갈대밭에서
많은 것을 토하며 정체된 풍경소리가
도란도란 둘러앉은 노을빛으로
마음 한곳에 모여 사라집니다

갈바람이 뒹굴면서 땅을 휩쓸며
채색된 낙엽이 발 구르며
아픔을 잊으려고 애쓰는 마음이
풍요로워 가슴이 찡하게 합니다

어느덧 하늘은 꽃구름으로
내 슬픔을 감추지 못한 채 가슴에
색동옷으로 갈아입혀 줍니다
난 늦가을 발자취에서 머물다 갑니다..

지유가 태어난 날

- 2014. 7. 31. 오후 2시 -

무덥던 칠월하고 마지막 날에
지유가 태어났다
얼마나 세상 밖을 탈출하고 싶었을까
머무는 시간도 없이 단숨에
엄마랑 아빠에게 상봉했답니다.

갓난아기 울음소리가 아닌 병실이
지유의 기쁨이 가득 찼습니다
더위도 아랑곳없이 사돈은 여기저기
소식을 전했습니다 나도 덩달아 전화기 들고
할아버지한테 아들에게 하는 척했습니다

젊은 할머니로 만든 지유가 정말 고마웠습니다
지유야 무탈하게 잘 자라다오
세상에서 제일 예쁜 우리 지유
아직은 할머니 마음은 잘 모르겠지?

너를 보면 시간이 언제 흘러 돌아서면 때가 되는지

할머니 올 여름 피서지를 즐긴 지유
그 순간을 소중히 간직하며 자라나길 바랍니다.

너를 보면 시간이 언제 흘러 돌아서면 때가 되는지
할머니 올 여름 피서지를 즐긴 지유
그 순간을 소중히 간직하며 자라나길 바랍니다.

승민이가 태어난 날

-2021. 6. 3. 11. 47-

21년 유월 삼일 승민이가 태어났다
두 주먹 불끈 쥐고 힘 찬 목소리로
세상을 알리듯이 엄마 품에 안깁니다

그런데 좋은 것만이 다 가 아니었습니다
태어난 지 삼일 만에 몸에 이상이 있어
다른 병원으로 옮겨야 했습니다.

좋은 일에는 꼭 나쁜 일이 따르고 법이죠
항상 조심하며 기다렸던
시간이 지나 퇴원 날이 가까워졌습니다
내일이 엄마 승민이 퇴원하는 날입니다.

기다리고 기다렸던 승민이
그동안 얼마나 더 자랐을까?
만나고 보니 태어날 때 모습과 달리
더 귀여운 승민이로 돌아왔습니다.

봄을 연상하면서

봄날이 펼쳐진 그날에.
꽃비가 쭈르륵 쏟아지는
모습이 어느 때보다 아름답습니다

새싹은 빈틈없이 고개를 들고
파란 하늘 아래
연둣빛이 여기저기 묻어났습니다

가로수 길에는 영산홍 꽃이
몸살이 있는 듯
허공에 꽃향기가 가득 채우고 있습니다

낯선 거리에서 헤매다
엄마 찾아 떠나는 모습에 놀랐습니다

저녁노을에는 산 그림자 사라지고
어둠 속에서 발부둥치는
아이는 엄마 찾아 울고 있네요.

8부

엄마 꽃 닮은 입술이 붉다

-가장 솔직한 서정시의 산물

| 이재란 시집 해설 |

- 가장 솔직한 서정시의 산물-

이재한 시인

청암

가장 솔직한 서정시의 산물

이재한(시인)

어느 날 문득 시와 늪 문인협회 배성근 회장님으로부터 이재란 시인의 첫 시집 '엄마 꽃 닮은 입술이 붉다'에 대해 시 해설을 한번 써보지 않겠냐는 제안을 받았다. 언젠가 낙동강 문학에 있을 때 박성회 시인 작고 후 시인의 삶을 조명해 본 적이 있었고 대구작가회의에서 활동할 때 김성찬 시인의 첫 시집 파란 스웨터에 대한 리뷰 글을 부탁받아 써본 경험은 있었지만 시 해설은 이번이 처음이다. 물론 표 사도 몇몇 시인께 써준 경험은 있다. 하지만 막상 제의를 받고 보니 왠지 난감한 생각이 들었다. 배성근 회장님이 나름대로 숙고 끝에 결정한 사항이라 거절할 수는 없었지만 내가 잘 쓸 수 있을까? 하는 의문은 생겼다. 이 재란 시인은 낙동강 문학에서 활동할 때 만났던 시인이다. 늘 겸손한 자세로 문학을 대하는 모습이 무척 인상적이었던 시인이다. 하지만 나는 이재란 시인에 대해 구체적으로 아는 바는 없다. 그의 작품 세계를 관심 있게 들여다본 적도 없고 나이나 고향 등 아주 기초적인 정보도 나에게는 없다. 다만 연배 시인이라는 사실만 기억하고 있을 뿐이다. 시 해설을 쓰기 위해서는 나름 그 시인에 대한 작품 세계나 성향 그리고 살아온 이력 정도는 알아야 시 해설을 쓰기도 편한데 그러질 못해 조심스러운 부분은 있다. 결국 보내온 원고를 열심히 읽고 탐독하는 수밖에 없는데 나름의 관점에서 최선을 다해 볼 생각이다.

-시인의 고뇌

시인의 작품 세계를 가만히 들여다보면 시적 소재가 우리 일상 가까이 있다는 사실을 발견할 수 있다. 시적 구상만 봐도 미사여구는 찾아보기 힘들고 가장 일상적인 단어들로 시가 쓰였다는 사실을 알 수 있다. 이런 형태의 시는 필자와 같은 만학도 출신 문우들로부터 가끔 발견할 수 있는 부분인데 그래서 그런지 왠지 모를 동질감이 느껴지는 부분도 있다. 그럼, 시에 정답은 있을까? 필자가 생각하기에 시에 정답은 없다. 요즘처럼 대학 문창 반이 성행하는 시대에는 시도 시대적 영향을 받는다. 어느 시인의 시론을 들여다보면 시의 낯설기라는 단어가 눈에 띄기도 하는데 개인적으로 생소한 부분이기도 하다. 나는 이재란 시인의 원고를 펼쳐 보고 참 열심히 시집을 준비하셨구나! 하는 느낌을 받았다. 시인이 10년 넘도록 작품 활동을 하면서 지금까지 시집 한 권을 발간하지 않았다는 사실은 문학을 대하는 태도가 겸손했음을 느낄 수 있다.

주변을 둘러보면 등단 1년 만에 시집을 내는가 하면 몇 년 지나지 않아 시집을 몇 권씩 발간하는 경우도 봤는데 그렇다고 그들이 그리 유명한 시인들도 아니다. 필자도 언젠가 시집을 낸 경험이 있는데 시집을 낼 당시는 무척 자랑스러웠지만 얼마 지나지 않아 후회한 경험이 있다. 당시는 몰랐지만 추후 시집을 둘러보니 부끄러운 부분이 한두 군데가 아니었기 때문이다. 그런 경험을 한 후 나는 시집을 누구에게도 나눠 준 적이 없다. 지금도 그 시집은 내 서재를 부끄러운 모습으로 지키고 있다. 내 경험으로 볼 때 시집을 많이 낸다고 해서 시인의 가치가 높아지는 것도 아니다. 결국 시인은 작품으로 승부를 겨루는 것이다. 작자의 작품이 좋으면 누가 말하지 않아도 수면 위로 떠오를 것이고 작자의 작품이 좋으면 인쇄소 하나쯤 먹여 살릴 수도 있는 게 현실이다. 내가 아는 시인 중에 정말 찬사가 아깝지 않은 시인 한 분이 있다. 대구에서 활동하는 박숙이 시인인데 그의 시는 파격적이다 못해 경이롭다. 언젠가 나는 박숙이 시인 시에 꽂혀 프로필을 검색한 적 있다. 어찌 된 영문인지 그때까지 시집 한 권을 발표하지 않았다. "아니 시도 이렇게 잘 쓰는데 아직 시집 한 권이 없다니 이게 말이 되느냐!"는 말로 언젠가 만날 기회가 생기면 그 부분에 대해 꼭 질문하고 싶었다. 그러던 어느

날 나는 박숙이 시인을 만났다. 내 누님뻘 되는 시인께 정
중하게 여쭈어봤다. "선생님은 왜? 아직 시집을 내지 않
으셨습니까? 작품도 이렇게 좋은데요." 그랬더니 이런 대
답이 돌아왔다. 아직 작품에 대한 자신이 없어서요. 당시
나는 스스로에 대한 부끄러움을 감출 수 없었다. 지금은
두 권의 시집을 낸 중견 시인으로 자리 잡고 있지만 당시
첫 시집을 내기까지 많이 고민했을 박숙이 시인이 참으로
존경스럽게 느껴졌던 기억이 난다.

- 이재란 시인의 작품세계

리얼리즘이 보이는 사실에 대해 더하거나 빼지 않고 상
상하지 않고 오직 사실에 기반한 작품이다.

시인의 시는 리얼리즘 계통의 시로 우리 시대의 참모습
을 꾸밈없이 보여주는 시다. 비유나 은유 등 문학적인 용
어들은 동반하지 않은 채 사물을 보고 느낀 점을 시적 기
교 없이 표출해 낸 작품이 바로 시인의 작품 세계다.

시인의 작품 세계는 문학평론가나 유명한 시인들이 외
치는 그런 분류의 작품은 아니다.

하지만 지극히 평범하면서도 울림이 있는 서민형의 작
품으로 가장 밑바닥부터 시작된 한의 정서를 작품으로 토
해내고 있다는 사실이다. 이는 지극히 평범할 수도 있지

만, 지극히 현실적일 수 있다는 사실이다.

옛날에는 문학이 무슨 벼슬처럼 어려운 선택지였다면 지금은 문학단체들도 난무해 엘리트 문학도 많이 희석되어 가는 느낌이 든다. 요즘 같은 시대는 대학 문창 반만 나오면 쉽게 등단할 수 있는 구조가 형성되어 있다. 그만큼 문학도 이제 보편화 되었다는 사실이다.

지금 우리나라의 문학 형태를 보면 지극히 엘리트적인데 반해 문학 현실은 그렇지 않다. 이제 시대적 착오도 벗어날 때가 되지 않았는지 생각해 본다.

나는 한 때 미술에 심취한 적이 있었다. 그러다 보니 문학과 미술을 접목해 이해하는 경황이 있는데 문학이나 미술은 사실 예술적인 측면에서 보면 일맥상통하는 부분들이 많다. 내가 언젠가 평론 형식으로 발표했던 마르셀 뒤샹의 작품 세계나 초현실주의 작가 살바도르 달리 같은 미술 작품을 들여다보면서 이상 시인의 오감도를 떠오르기도 하는데 당시 나는 이상 시인의 오감도를 미술의 추상같은 개념으로 바라보기도 했었다.

그런 관점에서 보면 이재란 시인의 첫 시집을 고민하지 않고 비교적 편안하게 접할 수 있는 시집이 아닐까 생각해 본다. 시란 무엇일까? 두 편의 시를 소개하면서 진짜 시란 무엇일까? 고민해 본다.

창밖에 밤비가 속살거려/육첩방(六疊房)은 남의 나라//
시인이란 슬픈 천명(天命)인 줄 알면서도/한 줄 시를 적어
볼까//땀내와 사랑내 포근히 품긴/내 주신 학비 봉투를
받아//대학 노-트를 끼고/늙은 교수의 강의 들으러 간
다.//생각해 보면 어린 때 동무를/하나, 둘, 죄다 잃어버
리고/나는 무얼 바라/나는 다만, 홀로 침전(沈澱)하는 것일
까?//인생은 살기 어렵다는데/시가 이렇게 쉽게 씌어지
는 것은/부끄러운 일이다.//육첩방은 남의 나라/창밖에
밤비가 속살거리는데//등불을 밝혀 어둠을 조금 내몰고/
시대처럼 올 아침을 기다리는 최후의 나//나는 나에게 적
은 손을 내밀어/눈물과 위안으로 잡는 최초의 악수. 위
시는 윤동주 시인이 일본 유학 시절에 썼던 쉽게 씌어 진
시의 전문이다. 당시 암울했던 시대적 배경이 작품 속에
적나라하게 묘사되어 있는데 작가는 직접 행동하지 못하
고 시나 쓰고 있는 자신의 처지를 스스로 슬픈 천명이라
표현하며 자아 비판적인 모습을 취하고 있는데 문장 8연
에 와서 1연에 묘사 된 행을 완전히 뒤집는 변주를 사용
함으로써 시상을 완전히 전환 시켰다. 이는 시가 절망에
서 희망으로 바뀌고 있음을 의미하는 부분이기도 하다.

1연 창밖에 밤비가 속살거려/육첩방(六疊房)은 남의 나라
/ 8연 육첩방은 남의 나라/창밖에 밤비가 속살거리는데

시인은 9연부터 등불이나 아침이라는 시적 언어를 등장시
킴으로써 자아 내면은 꿈틀거리고 있는 자주독립에 대한
의지를 드러내고 있다. 이는 아침은 반드시 온다는 것을
강조하면서 스스로 자아에 대한 결연한 의지를 나타낸 부
분이기도 하다. 위 시가 대학 입시에도 가끔 출제되는 모
양인데 그만큼 역사적 자료 가치도 높은 시라 할 수도 있
겠다. 왜? 윤동주 시인이 민족시인가? 하는 답도 위 시에
서 얻을 수 있지 않을까 싶다.

　논에 들에/할 일도 많은데/공부 시간이라고/일도 놓고
/허둥지둥 왔는데/시를 쓰라 하네/시가 뭐고/나는 시금
치 씨에/배추씨만 아는데//　이시는 소화자「시가 뭐고」
전문이다.

　위에서는 역사적 자료 가치가 있는 윤동주 시인의 시를
예를 들어 봤다. 그럼 소화자 시인이 쓴 "시가 뭐고"는 어
떤가? 평생 한글을 모르고 살아온 할머니들이 한글 교실
에 다니면서 한글을 배우면서 쓴 시인데 요즘 들어 방송
도 나오고 꽤 명성을 얻으면서 독자층도 형성되어 있는
듯하다. 지금 우리 시대에도 이런 어두운 구석이 존재한
다는 사실이 믿어지지 않겠지만 이 또한 현실이다. 평생
한글도 모르고 까막눈으로 살아왔다는 사실이 어쩌면 남

의 나라 이야기처럼 들릴 수 있지만, 우리가 사는 경북 칠곡 할머니들의 이야기라는 사실에 우리는 주목 해야 한다. 이 모두가 우리 눈앞에서 펼쳐진 현실 아닌가? 한국문학의 거장 권정생 선생님도 공부를 많이 못 하셨는데 나는 아동문학가인 권정생 선생님이 초등학교 3학년 중퇴라고 알고 있었는데 인터넷을 검색해 보니 초등학교 졸업이라고 나와 있다. 사실 초등학교 중퇴나 졸업이나 그건 그렇게 중요하지 않다. 사람들은 대학을 졸업했느냐 안 했느냐에 관심이 더 있을 것이다. 하지만 중요한 것은 문학은 학력과 비례하지 않는다는 사실이다. 그 중심에 한국문학의 거장 권정생 선생님이 계시니 더욱 할 말도 없다. 칠곡 할머니 중에 팔순이 넘어서 한글을 배우고 시를 쓴 분도 계시는데 여기서 저명한 문학 평론가나 유명 시인을 대동해서 작품을 평가할 수 있겠는가? 나는 그런 관점에서 이재란 시인의 작품 세계를 한 번 들여다볼 생각이다.

갈바람 통째로 구른 언저리에서
그대의 아픔을 더 깊게 헤집고 있습니다
그대여 날개를 활짝 펼쳐라
아쉬움 뒤로 한 채
빼놓을 수 없는 기억을 간직합니다

시인은 가을 속으로 무엇을 표현하고 싶었을까? 시 속의 화자는 누굴까? 인간은 나이가 들면서 많은 인연을 만나고 사랑을 나눈다. 그러면서 이별의 아픔을 맛보기도 하고 나이가 들면서 사랑하는 방식도 각기 달라진다. 상대를 대하는 자세도 형식도 나이에 따라 달라지는 법이다. 20대 때는 불처럼 활활 타올랐다가 질투 때문에 인연을 잃어버린 경험도 있다. 하지만 나이가 차면서 사랑에도 여유가 생기고 이해의 폭도 넓어진다. 작자가 쓴 가을 속의 인연은 누굴까. 그 주인공이 남편이라면 아주 평범한 시가 될 수 있겠지만 혹여, 또 다른 인연에 대한 연모 같은 시라면 대단히 파격적인 시라 할 수 있겠다. 세월이 흐른 뒤에 느끼는 그리움 상처와 눈물 어느 것 하나 소중하지 않은 기억도 없다. 당시 시인이 아파하던 그 심중이 작품 속에 고스란히 묻어나왔다. 남녀가 서로 만나 결혼하고 자식을 낳고 온전한 가정을 이루기까지 큰 노력과 인내가 필요하다. 설령 작품 속의 주인공이 현재 남편이 아니라고 해도 누가 시인의 마음을 통제할 수 있을까? 가을이면 늘 습관처럼 마주하는 그리움 그 그리움 속으로 우리는 추억 하나를 숨긴다. 그리고 시인은 특권처럼 시 한 편을 짓는다.

어느새 내가 저만치 서 있다.
저무는 노을과 함께
굳은 두어 깨 나란히 한 채
쉬어가는 내 인생아
하루가 열을 한 만큼 기쁜 날도
있을 듯 없을 듯 세월 따라서 가는구나!
짧고도 긴 세월 쉬어가는 흔적에
돌아보니 참 좋은 친구였어
꽃주름으로 가득 찬 그녀도
세월 앞에는 부끄러워하는구나
지나온 과거가 그랬듯이
이제는 모든 게 서툴기만 하였다. 돌고 돌아봐도
셀 수 없을 만큼 긴 터널도 있었지

「산다는 것은 흔적」전문

그 힘든 고난과 역경을 지나도 눈앞에 펼쳐지는 생은 늘 고달픈 것 같다. 내일을 향해 희망을 안고 열심히 살아왔지만 결국 생은 늘 그 자리이다. 자꾸 굳어지는 두 어깨와 삶의 무게가 느껴지는 순간도 우리는 희망을 버리지 않았다.

하지만 이제 나이가 들고 보니 모든 게 서툴게 다가온

다. 늘 습관처럼 몸에 익숙했던 것들도 점점 무뎌져 간다. 나이를 먹는다는 것은 결국 산다는 것도 별거 아니었다. 우리에게 과연 얼마나 많은 시간이 남아 있을까 이제 조금씩 조금씩 비우는 연습도 필요할 때가 아닐지 생각해 본다.

아장아장 아기 걸음마 걸음으로
노란 애기똥풀은
봄볕 따라 꽃 피우고
봄날 따라 날개를 활짝 편
똥 풀은 낮은 자세로 쳐다본다
노란 꽃 편지 주고받으며
사랑이 오가는 지난날
그립다는 여린 모습이
엄마 꽃 닮은 입술이 붉다

「사랑의 꿀맛」 전문

원고를 받고 나서 고민에 빠졌는데 그 이유는 표제시가 없다는 사실 때문이다. 표제 시는 그 시집에 대한 의미를 가장 잘 나타내는 대표 시인데 그걸 못 찾아 고민스러웠다. 아무리 찾아봐도 "엄마 꽃 닮은 입술이 붉다"를 찾을 수가 없어 혼자 고민했었는데 원고를 천천히 들여다보고 나서야 그 해답을 찾을 수 있었다. 사랑의 꿀맛 원문에 보면 애기똥풀이라는 단어가 나오는 데 나는 그 사랑의 꿀맛이 표제 시라는 사실을 발견할 수 있었다. 초등학생 시절 소풍 놀이 가서 보물찾기하듯 나는 문득 귀한 시 한 편을 발견했다. 사랑의 꿀맛을 이해하기 위해서는 애기똥풀에 대한 이해가 필요한데 나는 애기똥풀을 이해하기 위해 인터넷을 검색해 봤다. 그런 후 본 시집에 대한 의문을 풀 수 있었다. 사실 애기똥풀은 평소 많이 보아오던 그런 야생화 같은 것이다. 애기똥풀 잎과 줄기를 자르면 묽은 똥과 같은 액이 나오는데 그게 아이의 똥과 같다 하여 붙어진 이름이라고 한다. 특히 애기똥풀이 간직한 꽃말은 어머니의 깊고 헌신적인 사랑을 나타내는 꽃말이라고 한다. 작가는 결국 애기똥풀에서 어머니에 대한 숭고한 사랑을 작품으로 승화시켰다.

오월의 당신 눈부시다
그때 그 시절로 돌아간 느낌
마냥 웃을 수 있었고
마냥 사랑할 수 있어서 좋아요.

「오월의 당신」 전문

오월의 당신 전문에도 꽃잎에 새겨진 전설이 나온다. 작가는 자연과 함께 숨 쉬는 그 흔한 꽃들을 바라보며 작품 소재를 찾아간다. 다가오는 계절 속에서도 작가는 지난날 행복했던 순간들을 떠 올리고 묻혀 있던 아름다움을 유추해 보기도 한다. 작가는 빛과 그림자를 바라보면서도 상대의 마음을 읽고 사랑을 발견하기도 했다. 결국 시인의 작품 세계는 자연과 함께라는 아주 평범한 테마 속에서 출발한 듯하다.

왠지 오늘따라
당신에게 전화를 걸고 싶었다
아침 출근 하는 모습이
좋은 기분은 아닌 것 같아서
점심시간까지 기다릴 수가 없어
전화기 들고 만지작거리다 걸었다
여보. 아무 일 없는 거지
응
왜
그냥 당신 목소리 듣고 싶어서 했어요.

「그리운 당신」 전문

시가 함축을 버리고 편안하게 전개되고 있다. 일상 속의 편지 같은 느낌으로 시가 다가오지만 문장 연결이 어색하지 않다. 우리가 일상에서 마주하는 시의 종류들은 다양하다. 큰 틀에서 보면 운문시와 산문시로 구분할 수 있는데 흔히 우리는 운문시를 함축과 연계시키는 정황이 있다. 수필 한 편을 시 몇 줄로 표현하는 것이 시라면 시를 쓴다는 게 어려운 작업은 맞지요. 라고 질문을 한 적이 있다. 어느 시인이 말했다. 1년 넘도록 시 한 편을 완성하지 못한 시도 있다고요. 시란 이렇듯 어려운 작업이다. 백담사 입구에 서 있는 고은 시인의 그 꽃을 보면 단 한 줄의 시로도 큰 울림을 주고 있는데 시가 짧다고 해서 감동이 없는 것도 아니다.

도리어 긴 여운이 남는 것도 운문시의 특징이라 할 수 있겠다.

그 꽃(고은) / 내려갈 때 보았네 올라갈 때 못 본 그 꽃

언젠가 어느 시인으로부터 시를 쓴 때 주의할 점에 대해 충고 받은 적이 있는데 그 내용은 이렇다. 시에서 설명은 독약이다. 그러니 주의하시라. 그 말씀 한마디는 내 문학 관념에도 지대한 영향을 미쳤다. 필자도 문학 활동을 하면서 강의도 듣고 조언도 많이 들어 보았지만. 그때처

럼 큰 울림은 받은 적은 없었다.

옛집 둘러보니
마당 한가운데 잡초와
다 쓰러진 지붕 터널이
녹슨 폐허가
찢어진 문풍지 실바람에 나부낀다
마당 한가운데
실금 이긴 도까지가 나뒹굴고
정이던 기둥뿌리가 쓰러진 채
밤낮 서리 밭에 앉아
긴 여정을 헤아리며 돌아보니
흩어진 과거가 낱낱이 드러나 있었다.
무쇠 솥 소구 챙이 호미 등
옛 조상 손때 묻은 흔적이
고스란히 담겨 있어
마음 한곳에 추억이 감돌아 쓸쓸했다

「마당 깊은 곳」 전문

　옛정이 그리워 작가는 폐허가 된 옛집을 찾아간 모양이
다. 가난했지만 온 가족이 둘러앉아 도란도란 이야기꽃을 피우던 그 시절이 그리웠던 모양이다. 이미 멈춰버린 시간 온기는 없고 마당엔 잡초만 무성한 옛집 저 허름한 옛집은 얼마나 많은 이야기를 간직하고 있을까? 아버지의 손때 묻은 쟁기며 주인을 잃은 채 흐느끼고 있을 이름 모를 농기구들도 향수로 남아 시인의 발길을 붙잡았을 것이다. 많은 사연과 눈물을 담고 있을 옛집을 둘러보며 시인은 무슨 생각을 하고 왔을까? 어릴 적 그때 그 소녀가 이제 노인이 되어 찾아본 옛집 서산으로 뉘엿뉘엿 기우는 해가 그토록 서러웠을지도 모를 일이다.

현관문 나서는 당신 뒷모습 바라보니
요즘 들어 많이 늙었다는 생각이 들었습니다
음독설에도 찬바람 헤치고
불출 주야로 뛰는 당신을 바라보니
안쓰럽고 한편은 고맙기도 하며
때로는 몸도 마음도 고달플 때도 있을 텐데
시집온 후로는 한날한시 변함없는 그 모습
누구보다 사랑스럽습니다
칠순이 가까운 나이에도
하루도 쉬지 않고 출근하는 당신
하늘이 알고 땅은 알고 있겠지
곁에 있는 사람도 다 알지는 못했어요

누구보다 당신 마음 헤아리지 못한 내가 미워요
여보 이제는 나이가 있으니
살았던 날보다 살아야 하는 날이 적습니다
지금이라도 조금씩 내려놓고 즐기면서 삽시다

「퇴근길」전문

　나이가 들어 남편을 바라보는 아내의 마음이 엿보인다.
그토록 씩씩하던 배우자의 걸음걸이도 변하고 얼굴엔 주
름만 가득해 측은한 생각이든 모양이다. 젊은 시절부터
가족을 위해 묵묵히 일만 하던 남편을 어느 날 잠결에 바
라본 모습이 불쌍하기만 했던 모양이다. 잘나가든 사업도
실패하고 좌절을 맛보기도 했던 과거들이 영화 필름처럼
올망졸망 바라보는 그 눈빛을 잊을 수 없다. 그 당시 아버
지는 죽을힘을 다했을 것이다. 아이들이 커서 어려운 형
편임에도 대학교에 입학 하고 등록금 걱정에 정신이 반쯤
나간 적도 있었다. 그런 날을 뒤로하고 문득 뒤돌아보니
세월은 너무 먼 길을 와버렸다. 머리는 희끗희끗 새치가
늘고 약봉지도 하나둘 늘어만 간다. 나이 70이 넘어버린
남편 모습을 바라보는 노시인의 마음이 퇴근길에 고스란
히 묻어난다. 가슴을 부여잡고 "여보, 여기까지 오느라 고
생하셨어요. 이 나이가 되도록 쉬지도 못하는 당신. 당신

을 사랑합니다."라고 외치며 눈시울을 적시는 노시인의 절규 같은 외침 같은 시가 가슴을 후벼 판다.

시인은 철없는 아이처럼
갈바람 속에 뛰어놀며

        -중략-

안개꽃을 피우려고
먼 길을 나선 것 같아요.
영화 속 장면처럼 아름다운 거리
가을비 소리 없이 떠나는
모습과 코스모스 꽃길을 따라
다가가는 언덕 너머 안개꽃으로
가득 찬 거리는 좀처럼
잊히지 않았습니다

                                「가을비」전문

  시인의 시적 감성이 보이는 작품이다. 주막집에 구르는 빗방울도 감성적이고 갈바람 속에서 뛰어놀던 빗방울도 감성을 자극하는 구절이다. 세월을 지나 마주한 가을비가 안개꽃을 피우기 위해 왔다는 시적 표현도 더욱 기가 막힌다. 이렇듯 시인의 감성은 끝이 없다. 그래서 시인은 꿈을 먹고 사는 존재들이다. 오늘이 있기까지 많은 시간과 고뇌하고 힘들었을 시인의 길은 세월만큼이나 훔친 눈물이 값져 보이기도 한 날이다.

우리 엄마는 늘 그랬다
진종일 논밭에서 김매고 들어오고 불출 주야로 뛰어도
한 번도 피곤하다는 말 하지 않았다
해동갑하고도 집에 오면 곧 바로 부엌으로 들어가
한 상 가득하게 차려서 어서 묵어라 배고프다
하시며 자식 한술이라 더 먹이고 싶어
엄마는 먹는 듯 만 듯 자식 먹는 것만 바라봐도
배부르다 배부르다
하시는 말이 엄마의 넋두리가 자장가처럼 들렸다
밤이면 밤마다 한숨 자고 일어나 다림질 아니면
떨어진 양말 꿰매고 명절이 다가오면 헌 옷 짓고
강정 만들고 밤을 낮 삼아 쉬지 않고
늘 일하신 모습이 눈에 선하다
얼마나 더 내 곁에 있어 줄까?
몇 달이나 더 살아 계실까

「우리 엄마는 늘 그랬다」 전문

　엄마는 그 이름만으로도 거룩한 존재이다. 자식들 눈에 늘 고생만 하시던 어머니 그 모진 슬픔을 다 물리치시고 오늘에 이르렀으나 아무것도 남은 것은 없다. 그저 늘어난 주름과 희끗희끗한 새치가 세월에 대한 보상 같다. 문득 뒤돌아보니 병들어 버린 몸 자식들은 저 살기 바빠 부모는 뒷전이다. 평생 먹이고 입혔지만. 부모를 바라보는 자식들 눈빛도 예사롭지 않다. 우리가 그랬듯이 그들도 역시 바쁘다는 핑계로 부모는 뒷전일지 모를 일이다. 부모는 이제 훌쩍 늙어버린 모습 병마와 싸우고 있지만, 자식은 부모보다 더 바쁜 일들이 많아 부모를 봉양할 마음도 여유도 없다. 그러다 어느 날 홀연히 곁을 떠나고 나면 그들 역시 후회할 것이다. 살아 계실 때 좀 더 효도할 걸 하는 생각 했을 때는 이미 늦은 것이다. 어쩌면 그게 우리 인생인지도 모르겠다. "자식들이여! 효도합시다. 평생을 갚아도 다 못 갚을 은혜를 조금이라도 살아 계실 때 효도 하는 것이 자식 된 도리가 아닐까?

　해설을 마치며……

　나는 시 해설을 쓰기 위해 나름 고민을 했다. 그동안

문학 활동을 하면서 받은 시집도 펼쳐 보고 당대 기라성 같이 높은 문인의 시집도 펼쳐 봤다. 다들 내용을 보면 흉내 내기조차 힘들 정도로 잘 써진 해설이나 발문들이 많았다. 시 한 편을 놓고도 엄청난 논리로 시를 해석하는데 나는 도저히 따라간 재간이 없다. 하지만 나는 용기를 냈다. 나 같은 얼간이 시인이 써 내려간 발문도 필요한 시기는 아닐까 하는 생각 때문이다.

나는 문학평론가들이나 엘리트 문인들이 즐겨 사용하는 문학적 전문 용어들을 사용하지 않으려 나름 노력했다. 그러나 부득이 두 가지 용어를 사용했는데. 그것은 리얼리즘과 초현실주의라는 용어이다. 하지만 리얼리즘은 해설을 전개할 당시 이미 용어에 대한 설명을 올렸고 초현실주의 내용도 아주 이해하기 쉽게 나열했다. 정작 궁금하시다면 살바도르달리의 작품 세계와 이상 시인의 오감도만 인터넷으로 검색해 보면 그 해답을 쉽게 얻을 수 있을 것이다.

나는 이재란 시인의 시 해설을 준비하면서 늦은 나이임에도 시를 촘촘히 준비하신 모습을 보고 박수를 보내드리고 싶었다. 유명한 문인이 쓴 시라 하여 다 수작도 아닐 것이다. 시인이 시집을 발간하기 위해서 아주 기본적인 요소들이 필요한데 그것은 시 해설이나 표사 같은 부분들이다. 옛날 같으면 일반 문인이 시 해설을 쓴다는 것은 상

상도 할 수 없는 일이다. 하지만 시와 늪 문인협회 배성근 회장님이 그런 시대적 과제들을 뛰어넘기 위해 큰 노력을 기울이고 있고 저 역시 그 점을 높이 평가하며 뒤따르고 있다.

요즘은 등단도 화려한 부활일 수 없고 문학 입문서 같은 느낌이 들기도 한 때이기도 하다. 모든 부분 변해가는 문학 현실 앞에서 고정 관념을 깰 필요성도 느낀다.

이 나라에는 글 잘 쓰는 문인들이 차고 넘친다. 그렇다고 우리가 엘리트 문인들만 쫄쫄 따라다닌다면 우리는 언제 발전할 것이며 한국문학은 누가 발전시킬까? 나는 시와 늪 회원이라는 사실에 대단한 자부심을 느끼고 있다. 나는 시와 늪이 한국 문학사에 길이 남을 문학단체라는 사실에 의문이 없다. 이제 시대는 변화되고 자연과 함께하는 시와 늪이 새로운 문학 역사를 쓰고 있다. 시와 늪 회원의 한 사람으로서 자부심을 느끼며 첫 시집을 발간한 이재란 시인님께 큰 박수 보내드린다.

엄마 꽃 닮은 입술이 붉다

이재란 시집

초 판 인 쇄	|	2024년 10월 15일
발 행 일 자	|	2024년 10월 21일
지 은 이	|	이재란
펴 낸 이	|	김연주
펴 낸 곳	|	도서출판 성연
등 록	|	(등록 제2021-000008호)경남 창원
홈 페 이 지	|	https://cafe.daum.net/seongyeon2021
사 무 실	|	창원시 성산구 대원로 27번길 4(시와늪문학관 내)
디 자 인	|	배선영
삽 화 그 림	|	배성근
대 표 메 일	|	baekim2003@daum.net
전 자 팩 스	|	0504-205-5758
대 표 전 화	|	010-4556-0573
정 가	|	13,000원
ISBN	|	979-11-986868-5-5(03810)

◉ 본 시집은 **한국예술인복지재단 창작준비지원금** 일부를 지원받아 발간되었습니다.

이 도서의 출판예정도서목록(CIP)은 ISBN: 979-11-986868-5-5(03810)
국립중앙도서관 서지정보유통지원시스템 홈페이지(http://seoji.nl.go.kr/)와
국가자료목록시스템(http://www.nl.go.kr/kolisnet)에서 이용할 수 있습니다.